和谐校园文化建设读本

鲁迅箴言录

王艳 金楠/编写

LUXUNZHENYANLU

吉林教育出版社

图书在版编目(CIP)数据

鲁迅箴言录 / 王艳，金楠编写. 一 长春 ：吉林教育出版社，2012.6 (2018 .2 重印)
(和谐校园文化建设读本)
ISBN 978－7－5383－8767－4

Ⅰ. ①鲁… Ⅱ. ①王… ②金… Ⅲ. ①鲁迅－语录－青年读物②鲁迅－语录－少年读物 Ⅳ. ①I210.2

中国版本图书馆 CIP 数据核字(2012)第 116010 号

鲁迅箴言录 **王 艳 金 楠 编写**

策划编辑 刘 军 潘宏竹
责任编辑 庞 博 **装帧设计** 王洪义

出版 吉林教育出版社(长春市同志街 1991 号 邮编 130021)
发行 吉林教育出版社
印刷 北京一鑫印务有限责任公司

开本 710 毫米×1000 毫米 1/16 13 印张 **字数** 165 千字
版次 2012 年 6 月第 1 版 2018 年 2 月第 2 次印刷
书号 ISBN 978－7－5383－8767－4
定价 39.80 元

编 委 会

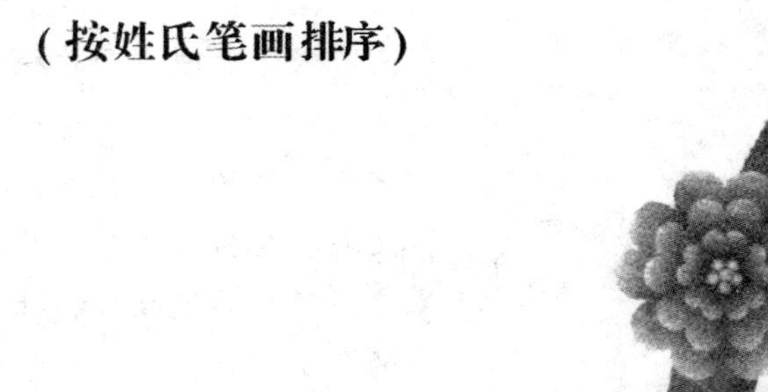

总序

千秋基业，教育为本；源浚流畅，本固枝荣。

什么是校园文化？所谓“文化”是人类所创造的精神财富的总和，如文学、艺术、教育、科学等。而“校园文化”是人类所创造的一切精神财富在校园中的集中体现。“和谐校园文化建设”，贵在和谐，重在建设。

建设和谐的校园文化，就是要改变僵化死板的教学模式，要引导学生走出教室，走进自然，了解社会，感悟人生，逐步读懂人生、自然、社会这三部天书。

深化教育改革，加快教育发展，构建和谐校园文化，“路漫漫其修远兮”，奋斗正未有穷期。和谐校园文化建设的研究课题重大，意义重要，内涵丰富，是教育工作的一个永恒主题。和谐校园文化建设的实施方向正确，重点突出，是教育思想的根本转变和教育运行机制的全面更新。

我们出版的这套《和谐校园文化建设读本》，全书既有理论上的阐释，又有实践中的总结；既有学科领域的有益探索，又有教学管理方面的经验提炼；既有声情并茂的童年感悟，又有惟妙惟肖的机智幽默；既有古代哲人的至理名言，又有现代大师的谆谆教诲；既有自然科学各个领域的有趣知识，又有社会科学各个方面的启迪与感悟。笔触所及，涵盖了家庭教育、学校教育和社会教育的各个侧面以及教育教学工作的各个环节，全书立意深邃，观念新异，内容翔实，切合实际。

我们深信：广大中小学师生经过不平凡的奋斗历程，必将沐浴着时代的春风，吸吮着改革的甘露，认真地总结过去，正确地审视现在，科学地规划未来，以崭新的姿态向和谐校园文化建设的更高目标迈进。

让和谐校园文化之花灿然怒放！

本书编委会

目 录

第一章　鲁迅其人

一、鲁迅的人生经历

鲁迅，名樟寿，字豫才。原名周树人，1918 年发表《狂人日记》时，始用鲁迅这个笔名。1881 年 9 月 25 日，他出生在浙江省绍兴市一个没落的封建士大夫家庭。7 岁就读私塾，12 岁进绍兴城中最严厉的私塾三味书屋。13 至 16 岁，因祖父入狱和父亲病逝，家境日下，被迫辍学，曾一度与母亲寄居在城郊的外婆家。农村的黑暗和农民生活的困苦，给他留下了深刻的印象。1898 年 5 月，在我国近代史上著名的资产阶级维新运动的高潮中，鲁迅第一次别离故乡，考入南京江南水师学堂。几个月后，又改考入江南陆师学堂附设的矿务铁路学堂。在学习期间，他接触了维新派宣传的西方资产阶级民主主义思想，尤其是达尔文的进化论，使他大开眼界。1902 年毕业后，鲁迅经官派而东渡日本，留学于弘文学院。在这里，他积极参加留学生的反清活动，第一个剪掉了象征种族压迫的发辫，立志将自己的热血献给祖国人民的解放事业。1904 年在弘文学院毕业后，鲁迅入仙台医学专门学校学医。此间，他发现学医虽能治愈国民身体的疾患，但不能拯救其麻木的灵魂，因此毅然弃医从文，开始了他以笔为枪的文学创作生涯。重返东京后，他参加了革命团体光复会。1909 年 8 月，他离日归国，从事教育事业，先在杭州教书，后又回故乡绍兴任教。

1911 年辛亥革命胜利，1912 年中华民国临时政府在南京成立，鲁迅应教育总长蔡元培的邀请，赴南京任教育部部员。后又随政府北迁至北京。曾先后在北京大学、北京女子师范大学等校任教。袁世凯窃取辛亥革命胜利果实后，中国重新陷入黑暗之中。鲁迅在苦闷和失望中对中国现状和前途进行了更深沉的思索。这为他以后不朽篇章的创作做了充分的思想准备。1917 年十月革命的爆发，使他“看到了新世纪的曙光”。此时，他积极地投身于正在发展的新文化运动。1918 年 5 月，鲁迅在《新青年》杂志上发表了抨击封建礼教的小说《狂人日记》，这一著作为新文化运动奠定了基石。1921 年 12 月，他又发表了著名的小说《阿 Q 正传》。在这同时，他还创作了大量的杂文，把斗争的锋芒直接指向封建制度。

中国共产党成立后，革命的群众运动逐渐高涨；1924 年国共合作形成。这时，新文化运动阵线开始分裂，鲁迅站在革命派一边，与资产阶级右翼胡适等人的现代评论派进行不妥协的斗争。在震惊中外的“五卅”运动、女师大风潮和“三·一八”惨案中，鲁迅都积极投入了斗争，并总结经验教训，使自己的思想不断前进。1926 年 8 月，由于北洋军阀政府的通缉，他被迫离开了北京到福建厦门大学任教；1927 年 1 月，又到广州中山大学中国文学系任系主任等职。蒋介石“四·一二”反革命政变，对鲁迅的思想变化产生深刻影响。他写了许多文章和杂感，对国民党的叛变及其法西斯暴行进行了或明或暗的揭露和抗议，显示出他正在形成新的无产阶级世界观。

1927 年 10 月，鲁迅到达上海定居。不久，他就同创造社、太阳社展开了一场关于“革命文学”问题的论争。在争论中，他深入学习马克思列宁主义理论，逐步掌握了辩证唯物主义和历史唯物主义。他与革命作家柔石、殷夫等一起积极投入并领导文学革命运动。1930 年 2 月，鲁迅等人发起以反对帝国主义和国民党反动派为纲领的中国自由运动大同盟。同年 3 月，又与茅盾等一起发起组织中国左翼作家联盟，并亲自编辑“左联”机关刊物《萌芽》和《文艺研究》等，成为共产党领导下的革命文学运动的主将。他不顾国民党反动派的通缉，在上海坚持战斗。“九一八”事变后，他撰文揭露日本帝国主义的侵略罪行，抨击国民党的不抵抗政策。1932 年，他与宋庆龄、蔡元培、杨杏佛等组建中国民权保障同盟，并担任上海分会执行委员。1933 年 6 月，国民党特务暗杀了杨杏佛，把鲁迅也列入了暗杀的黑名单。但他仍不顾个人安危，亲赴上海万国殡仪馆为杨杏佛送殓。同年 9 月，又参加在上海秘密召开的远东反战大会。1935

年，中国工农红军胜利到达陕北，鲁迅通过史沫特莱致电中共中央，贺道："在你们身上，寄托着人类和中国的将来。"1936 年 4 月，他表示赞同中共中央的抗日民族统一战线政策，并提出了"民族革命战争"的大众文学的口号。1936 年 10 月 19 日，鲁迅病逝于上海，享年 56 岁。

鲁迅的一生，是光辉的战斗的一生。他终生辛勤创作，为我们留下了大约 800 万字的著译作品，是我们民族的宝贵精神财富。1981 年出版的《鲁迅全集》，是迄今对鲁迅著述收集最全的印本。

二、鲁迅的思想内涵

鲁迅作为一位思想家，他的思想内涵是十分丰富多彩的。而他的哲学思想和社会思想则是他全部思想的核心。不过，鲁迅的思想发展有其鲜明的阶段性。

(一)前期的自然科学唯物主义

凡是读过鲁迅早期作品的人，都会发现，鲁迅十分重视近代自然科学的新成就，并从此出发，依据进化论的哲学世界观，形成了自己前期的自然科学唯物主义思想。他在《人之历史》一文中，依据进化论所揭示的从单细胞生物进化到人类的确凿证据，批判了宗教的上帝造人说，阐发了天体演化和人类发展的自然规律，进而获得了对世界的物质统一性和规律性的认识："物质世界，无不由因果而成。"鲁迅又在《说钼》(钼即镭)一文中，总结当时自然科学的一系列发现说："自 X 线之研究，而得钼线；由钼线之研究，而生电子说。由是关于物质之观念，倏一震动，生大变象。最人涅伏，吐故纳新，败果既落，新葩欲吐。"

在唯物主义世界观的基础上，鲁迅确立了他的唯物主义认识论，并相当广泛地展开了他的辩证法思想。他认为，人的主观认识是客观世界的反映；主观对客观有能动作用；感性认识和理性认识都很重要，二者须统一起来，"二术俱用，真理始昭"(《坟·科学史教篇》)。同时，人的认识是随着客观世界的发展而发展的，没有所谓"终极的真理"。一切事物都在无穷地进化发展，发展的原因在于事物内部的矛盾斗争，发展的形式是螺旋式上升。

鲁迅前期的著作表明，他的自然科学唯物主义不仅在内容上，而且在形式上，都已脱出了中国古代旧哲学的羁绊。它具有唯物主义的科学根基，包含了辩证法的一些要素。当然它仍具有一定的自发性，并未形成自觉的、完备的辩证唯物主义哲学体系。

（二）前期的社会历史观

1. 进化的历史观

鲁迅前期的社会历史观的最基本特征可以概括为革命的历史进化观，属于唯心主义历史发展观的范畴。

他主张历史地、发展地看待一切，既不能“蔑古”，更不能“复古”。但是，他对人类社会发展的分析仍是进化论的观点。他把生物进化的规律运用在人类社会的运动上，因此不能科学地揭示社会前进的根本物质动因和阶级实质，更不能找到解决社会矛盾的正确途径，甚至又错误地认为“新”的一定比旧的好，比旧的先进，为过时的资产阶级的反动学说所迷惑。好在鲁迅是个现实主义者，他发现“生物学的真理”往往与社会现实相悖，认识到自己的理论与现实相矛盾，但当时还摆脱不了这种思想困惑。在困惑中，他从现实出发，认为“根本的方法，只有改良社会”。作为一个“精神界之战士”，鲁迅前期认为革命首先应在思想领域展开，尤其是“国民性”的改造。“五四”前后，他才逐渐认识到旧的反动政治势力是巨大的障碍。所以，他的作品越来越显示出强烈的政治革命的战斗色彩。

“五四”时期，鲁迅作为冲破封建罗网的闯将、文化革命的旗手出现了。经过一系列血的教训，他对国内外反动统治者有了愈来愈深刻的认识，发出了彻底推翻旧世界的战斗呐喊，号召人们起来革命。他说，唯其有了革命，“社会才会改革，人类才会进步”。他认为社会新旧势力的斗争是推动社会前进的动力。人类社会就是不断除旧布新的发展过程。“旧像愈摧毁，人类便愈进步”。可见，鲁迅的历史进化观是具有强烈革命性的。他从进化论中吸取了进化发展的观点和斗争的观点。所以，鲁迅前期的历史进化观是革命的历史进化观，也可称之为革命的历史发展观。

2. 历史唯物主义因素的发展

鲁迅前期思想中的矛盾，一方面反映在他对中国革命的道路和前途认识不清，故不免彷徨、苦闷；另一方面表现在他对推动历史前进的动力——人民群众的认识不足，尚未超出英雄史观的束缚。在革命实践过程中，鲁迅逐步解决了这两个互相关联的认识问题。

1919 年，鲁迅在《生命的路》中写道："什么是路？就是从没有路的地方践踏出来的，从只有荆棘的地方开辟出来的。"不久，他又在小说《故乡》中指出，希望之路是靠人民大众走出来的："走的人多了，也便成了路。"他竭力唤醒"铁屋子"里"昏睡"的人们，揭露麻木、卑怯、孱弱等"国民性"的弱点，旨在激起群众革命。随着群众斗争的发展，他对群众力量的感受也逐步增强，认识也逐步提高。1924 年他在所作的《未有天才之前》的著名讲演中，有力地批判了英雄史观，指出了群众的决定作用。到 1926 年，鲁迅便得出了"世界却正由愚人造成，聪明人决不能支持世界"（《坟·写在"坟"后面》）的历史唯物论的结论。

鲁迅在革命实践中，随着对被压迫、被剥削人民群众的认识不断加深，对社会的阶级对立的认识和表述也日渐明晰起来。《灯下漫笔》揭示了中国有文字以来的整个历史都是广大劳动人民被剥削、被奴役的历史。他看到在社会里有贵贱，有富穷，有尊卑，有优劣，等级森严，灵魂不通。在这些地方，鲁迅虽然仍没直接使用阶级和阶级斗争理论的科学概念，但却日渐深刻地反映了阶级斗争的客观事实，并日渐自觉其存在了。这也就是他后来之所以能接受、并牢牢掌握住马克思主义的阶级和阶级斗争理论的思想基础。

（三）后期的马克思主义世界观

鲁迅早在留学日本期间就接触了马克思主义，但当时他并未接受。十月革命、五四运动、第一次国内革命战争，直到蒋介石叛变革命，鲁迅经过了长期的怀疑、考察、比较和检验的独立思考的过程，才完全接受了马克思主义。

1. 群众观

鲁迅后期的著作，用唯物史观阐明了人民群众是历史文化的创造者。他指出："一切文物，都是历来的无名氏所逐渐的造成。建筑，烹饪，渔猎，耕种，无不如此；医药也如此。"（《南腔北调集·经验》）劳动人民创造了精神财富，却被剥削统治阶级收揽过去，垄断起来，反而成了奴役人民、"治人"的工具。他从我们民族的历史中看到了劳动人民不屈不挠的反抗精神和巨大的力量；他从历史和现实铁铸一般的事实中，乐观地揭示出了人民大众与反动统治者的压迫进行反抗斗争的辩证法：反动统治者要防"奴隶造反"，就要更加用"酷刑"，但人民又会踏着残酷前进。然而，他的这种革命乐观主义精神又是同他清醒的现实主义结合在一起的。他在强调要从本质上看到革命人民潜藏着的巨大力量的同时，又强调革命者要正视旧社会种种精神麻醉造成的群众对革命的冷漠、麻木这一方面。只有解除套在广大群众身上的种种精神枷锁，才能使群众获得解放。他认为，这是更紧要、更艰难伟大的工作。可见，鲁迅的群众观是辩证的、全面的。

2.阶级观

鲁迅后期在与"新月派""第三种人"等的论战中形成了自己的阶级观。他在《"硬译"与"文学的阶级性"》一文中，集中地阐发了他的阶级观。该文全面系统地论证了在阶级社会里，无论是作者、文艺作品，还是读者，都具有一定的阶级性。后来他又指出："某一种人，一定只有这某一种人的思想和眼光，不能越出他本阶级之外"（《南腔北调集·谚语》）。在此基础上，他认识到了无产阶级革命和无产阶级专政的重要性，并指出专政并非目的，而消灭阶级，建立无阶级的共产主义社会才是长远的目标。

正因为鲁迅有了科学的、彻底的阶级观，所以，他能在残酷的阶级斗争面前无情地揭露敌人的阴险、凶残和反动，不断鼓舞革命者的斗志和胜利信心；同时也提醒革命者："无产者的革命，乃是为了自己的解放和消灭阶级，并非因为要杀人。"（《南腔北调集·辱骂和恐吓决不是战斗》）这样，他教导革命者始终坚持正确的革命方向。

3.辩证法

鲁迅作为一位文学家，没有写过专门的哲学著作，但在他后期思想性极强的杂文中,却饱含着丰富、深刻的辩证法思想。

鲁迅一贯重视实际,他认为“实地经验总比看、听、空想确凿”。他并不否认间接知识的重要,但强调“必须和现实社会接触,使所读的书活起来”(《而已集·读书杂谈》)。他反对和憎恶空谈,认为“唱高调就是官僚主义”(《致萧军、萧红·1934年12月6日》)。他指出:“事实是毫无情面的东西,它能将空言打得粉碎。”(《花边文学·安贫乐道法》)他以笔为刀枪,剥掉反动派的伪装,揭露旧世界的虚伪,给人们以深刻启发。

鲁迅坚持辩证法,批判形而上学的观点,他指出:“文学有普遍性,但有界线;也有较为永久的,但因读者的社会体验而生变化”,“不会有无限普遍、永久的作品”(《花边文学·看书琐记》)。他不无讽刺地说:“我想,普遍,永久,完全,这三件宝贝,自然是了不得的,不过也是作家的棺材钉,会将他钉死。”(《且介亭杂文·答〈戏〉周刊编者信》)在认识上,他强调认识的全面性,要求尽可能“博采众家,取其所长”;同时,他既反对对个人求全责备,也反对迷信个人全知全能。

鲁迅的辩证法思想来自于他对人、对社会的真切认识,是对客观实际的真实反映。因此,他的辩证法思想是科学的、生动的。

综观鲁迅的思想,它以哲学和社会思想为核心,形成了一个完整而庞大的思想体系。它包括伦理思想、美学思想、文艺思想、教育思想等等。总之,鲁迅的思想,是中国文化的瑰宝。

三、鲁迅对当代的影响

毛泽东同志对鲁迅一生的非凡业绩和战斗精神做了最充分的评价,他说:“鲁迅是中国文化革命的主将,他不但是伟大的文学家,而且是伟大的思想家和伟大的革命家。鲁迅的骨头是最硬的,他没有丝毫的奴颜和媚骨,这是殖民地半殖民地人民最可宝贵的性格。鲁迅是在文化战线上,代表全民族的大多数,向着敌人冲锋陷阵的最正确、最勇敢、最坚决、最忠实、最热忱的空前的民族英雄。鲁迅的方向,就是中华民族新文化的方向。”(《新民主主义论》,载《毛泽东选集》第二卷)

鲁迅的极其光辉的战斗历程,他的无比丰富的实践活动和作品,充分体现了他的伟大人格和革命精神。鲁迅是巍峨的高山，也是浩瀚的大海，他的人格和精神，是我们吸取精神养料的不竭源泉。

第一，鲁迅的骨头最硬，最能进行持久的韧性战斗，这是他身上最可宝贵的精神，这种精神到三十年代发展到极其辉煌的境界。在黑暗与暴力的侵袭下，鲁迅认准了政治方向，并向着这个方向奋勇前行，决不中途投降妥协。他对形形色色的阶级敌人，不论是帝国主义、封建主义、北洋军阀政府、国民党反动派，还是他们的走狗资产阶级反动文人以及革命队伍内部的“蛀虫”，都进行了坚决的斗争。他对敌人的原则是痛打，决不宽恕。他对敌人的憎正是建立在对劳动人民爱的基础上。“横眉冷对千夫指，俯首甘为孺子牛”，这是他爱憎观和政治立场的最好写照。

鲁迅的韧性战斗和硬骨头精神，是针对敌对势力说的，这既指公开的敌人，也包括假革命的反革命和背叛革命的叛徒。至于革命队伍内部同志之间的矛盾，鲁迅是区别对待的。革命队伍内部的争论，有时即使公开形诸笔墨，鲁迅也是有分寸、讲策略的，他决不把同志推到敌人方面去，也决不计较个人恩怨。所以我们在学习鲁迅韧性战斗的硬骨头精神时，首先应该明确敌我矛盾的界线，不能把人民内部矛盾当成敌我矛盾来看待。只有这样，我们才能真正学到鲁迅精神的实质。

第二，勇于改革的精神，也是鲁迅精神的重要内容。他的韧性战斗主要表现在勇于改革、勇于破旧立新上，为了扫除改革道路上的障碍，他百折不挠地奋斗。前期，他勇于改革的信念还是基于进化论的思想，而后期就是建立在唯物辩证法的基础上了。他生活在反动的传统势力根深蒂固的旧中国，对于旧社会、旧思想的一切认识最深刻。他深知改变旧现状很艰难，故强调“必须坚决，持久不断，而且注重实力”，主张进行“壕堑战”，讲究斗争方法，保存和壮大自己，借以消灭敌人。

作为文化革命的伟人，鲁迅始终重视改造国民的愚弱精神。他认为，不管旧思想和旧习惯多么难于改变，但都必须改变它。随着对社会认识逐渐加深，鲁迅认识到，意识形态的改变必须以社会政治制度、经济制度的改变为前提。这种科学的认识，使他既勇于改革，又善于改革，使他比别的许多改革家看得更深、更远、更富有理想。进而，他主张脚踏实地的改革，认为改革必须深入群众，必须以群众利益为出发点，这使他的改革思想有了坚实的群众基础。

第三，积极参加现实斗争，在斗争中严于解剖自己，这也是鲁迅精神的宝贵特点。鲁迅素来反对空谈，注重实际。他始终置身于实际的斗争中，置身于斗争最尖锐的地方。从海外革命运动的中心东京到北洋军阀政府的所在地北京；从大革命的策源地广州到文化革命的中心上海，无处不留下鲁迅斗争的足迹。在实际斗争中，他不断总结经验教训，不断改造自己的世界观，努力克服自身的不良思想，以达到真理的境地。鲁迅之所以这样做，是因为他一心为革命，一心为人民，每当发现自己思想有不符合革命利益、人民利益之处，他就一定解剖它、克服它。这种崇高的品格，是永远值得我们学习的。

第四，对待马克思列宁主义，具有最可宝贵的革命学风，这也是鲁迅身上突出的特点。鲁迅学习和接受马克思主义，经历了一个较长的过程。1930 年以后，他才真正成为一位马克思主义者。他接受马克思主义的确较晚，但在漫长的接触过程中，体现了革命的学风。首先，他接受马克思主义是为了革命，为了找到祖国和人民解放的真理。其次，他用自己的生活经历和感受，用自己丰富的斗争经验和广博的历史知识，去印证马克思主义，而不是抽象教条地搬用。马克思主义真正化成了他的灵魂，他的血肉。再次，他一经接受马克思主义，就把它运用在实际的对敌斗争中。他最反对那些口头上的假马克思主义者。可见，鲁迅是坚持理论联系实际的革命学风的典范。

第五，作为一个伟大的文学家，鲁迅主张文艺创作要深入生活，面对现实，勇于吸收，善于创造。他认为，生活是创作的根本，现实是创作的生命。他的作品无一不是生活的反映，无一不是针对现实的。他说："文艺是国民精神所发的火光，同时也是引导国民精神的前途的灯火。"要做到这一点，就必须使作品成为生活和现实的眼睛。

鲁迅主张文艺创作要勇于吸收，善于创造。他认为，对于中外文化遗产要采取"拿来主义"，自觉地吸收其有益的东西，并加以发挥、创造，从而构建我们民族的新文化。他是"拿来主义"的先驱，也是冲破一切传统思想和方法的闯将。他为我们民族新文化的建立打开了一个放眼世界的窗口。

鲁迅的精神，是我们民族向前迈进的进行曲，它催促着我们永远地前行。

四、鲁迅的个人作品

鲁迅先生一生写作 600 万字，其中著作 500 万字，辑校和书信 100 万字；鲁迅在 1918 年 5 月，首次以“鲁迅”作笔名，发表了中国文学史上第一篇白话小说《狂人日记》（收录于《呐喊》）。他的著作以小说、杂文为主，鲁迅先生的小说、散文、诗歌、杂文共数十篇被选入中、小学语文课本，小说《祝福》（选自《彷徨》）、《阿 Q 正传》（收录于《呐喊》）等先后被改编成电影。北京、上海、广州、厦门、浙江等地先后建立了鲁迅博物馆、纪念馆等，同时他的作品被译成英、日、俄、法等 50 多种文字。

《阿 Q 正传》1921—1922，

《呐喊》（短篇小说集）1923，

《中国小说史略》（上下卷）1923—1924，

《热风》（杂文集）1925，

《彷徨》（短篇小说集）1926，

《华盖集》（杂文集）1926，

《华盖集续编》（杂文集）1927，

《坟》（论文、杂文集）1927，

《野草》（散文诗集）1927，

《朝花夕拾》（散文集）1928，

《而已集》（杂文集）1928，

《三闲集》（杂文集）1932，

《二心集》（杂文集）1932，

《鲁迅自选集》1933，

《两地书》（书信集）与景宋合著，

《伪自由书》（杂文集）1933，

《鲁迅杂感选集》瞿秋白编选，1933，

《南腔北调集》(杂文集)1934，

《拾零集》1934，

《准风月谈》(杂文集)1934，

《集外集》杨霁云编，鲁迅校订，1935

《门外文谈》(论文)1935，

《故事新编》(小说集)1936，

《花边文学》(杂文集)1936，

《且介亭杂文》(杂文集)1936，

《夜记》(杂文集，后编入《且介亭杂文末编》)1937，

《且介亭杂文二集》(杂文集)1937，

《且介亭杂文末编》(杂文集)1937，

《鲁迅书简》(影印本)许广平编定，1937，

《鲁迅全集》(1—20卷，收著作、译文和辑录的古籍)1938，

《集外集拾遗》(综合集)1938，

《汉文学史纲要》(文学史)1941，

《鲁迅全集补遗》唐弢编，1946，

《鲁迅书简》许广平编，1946，

《鲁迅日记》(影印本)1951，

《鲁迅选集》1952，

《鲁迅小说集》1952，

《鲁迅全集补遗续编》唐弢编，1952，

《鲁迅书简补遗》吴元坎辑，1952，

《鲁迅全集》(1—10卷)1956—1958，

《鲁迅选集》(1—2卷)1956—1958。

第二章　鲁迅箴言之教育

一

即使天才，在生下来的时候的第一声啼哭，也和平常的儿童的一样，决不会就是一首好诗。

【坟·未有天才之前】

二

在要求天才的产生之前，应该先要求可以使天才生长的民众。——譬如想有乔木，想看好花，一定要有好土；没有土，便没有花木了；所以土实在较花木还重要。

《鲁迅全集》(以下简称《全集》)第1卷第166页

三

天才并不是自生自长在深林荒野里的怪物，是可以使天才生长的民众产生、长育出来的，所以没有这种民众，就没有天才。

【坟·未有天才之前】

四

不但产生天才难，单是有培养天才的泥土也难。我想，天才大半是天赋的；独有这培养天才的泥土，似乎大家都可以做。做土的功效，比要求天才还切近；否则，纵有成千成百的天才，也因为没有泥土，不能发达，要像一碟子绿豆芽。

《全集》第1卷第169页

五

我想，便是说教的人，恐怕自己也未必相信罢。所以听的人也不相信。

【且介亭杂文·难行和不信】

六

要风化好，是在解放人性，普及教育，尤其是性教育，这正是教育者所当为之事。

【坟·坚壁清野主义】

七

忽而这么说，忽而那么说，今天是这样的宗旨，明天又是那样的主张，不加“教育”则已，一加“教育”，就从学校里造成了许多矛盾冲突的人。

【准风月谈·我们怎样教育儿童的】

八

不要破口就骂。满口谩骂，不成其为批评……至于说批评全不能骂，那也不然。应该估定他的错处，给以相当的骂，像塾师打学生的手心一样，要公平。

【华盖集·评心雕龙】

九

但要启蒙，即必须能懂。懂的标准，当然不能俯就低能儿或白痴，但应该着眼于一般的大众。

【且介亭杂文·连环图画琐谈】

十

北大是常为新的，改进的运动的先锋，要使中国向着好的，往上的道路走。北大是常与黑暗势力抗战的，即使只有自己。

【华盖集·我观北大】

十一

因为社会不良，恶现象便很多，势不能一一顺应。

【坟·我们现在怎样做父亲】

十二

中国要作家，要“文豪”，但也要真正的学究。

【准风月谈·我们怎样教育儿童的】

十三

生了孩子，还要想怎样教育，才能使这生下来的孩子，将来成一个完全的人。

【热风·随感录二十五】

十四

你们（青年）所多是生力，遇见是深林，可以辟成平地的，遇见旷野，可以栽种树木的，遇见沙漠，可以开掘井泉的。

【华盖集·导师】

十五

有些见识，他们究竟还在觉悟的读书人之下，如果不给他们随时拣选，也许会误拿了无益的，甚而至于有害的东西。

【且介亭杂文·门外文谈】

十六

只要能培一朵花，就不妨做做会朽的腐草。

【三闲集·《近代世界短篇小说集》小引】

十七

中国的青年不要高帽皮袍，装腔作势的导师；要并无伪饰，——倘没有，也得少有伪饰的导师。

【华盖集续编·还不能“带住”】

十八

自由解放，便能够获得彼此的平等，那运命是并不一定终于送进厨房，做成大菜的。

【花边文学·倒提】

十九

当鼓舞他们的感情的时候，还须竭力启发明白的理性。

【坟·杂忆】

二十

譬如厨子做菜，有人品评他坏，他固不应该将厨刀铁釜交给批评者，说道你试来做一碗好的看。

【执风·对于批评家的希望】

二十一

要下河，最好是预先学一点浮水工夫，不必到什么公园的游泳场，只要在河滩边就行，但必须有内行人指导。

【花边文学·水性】

二十二

凡自以为识路者，总过了“而立”之年，灰色可掬了，老态可掬了，圆稳而已，自己却误以为识路。

【华盖集·导师】

二十三

惟其幼小，所以希望就是正在这一面。

【二心集·一八艺社习作展览会小引】

二十四

中国有许多妖魔鬼怪，专喜欢杀害有出息的人，尤其是孩子。

【且介亭杂文末编·我国的第一个师父】

二十五

儿童的行为，出于天性，也因环境而改变，所以孔融会让梨。

【花边文学·漫骂】

二十六

孩子是可以敬服的，他常常想到星月以上的境界，想到地面下的情形，想到花卉的用处，想到昆虫的言语；他想飞上天空，他想潜入蚁穴……所以给儿童看的图书就必须十分慎重，做起来也十分烦难。

【且介亭杂文·看图识字】

二十七

游戏是儿童最正当的行为，玩具是儿童的天使。

【野草·风筝】

二十八

中国中流的家庭，教孩子大抵只有两种法：其一，是任其跋扈，一点也不管……其二，是终日给以冷遇或呵斥，甚而至于打扑，使他畏葸退缩，仿佛一个奴才，一个傀儡。

【南腔北调集·上海的儿童】

二十九

中国一般的趋势，却只在向驯良之类——“静”的一方面发展，低眉顺眼，唯唯诺诺，才算一个好孩子，名之曰“有趣”。

【且介亭杂文·从孩子的照像说起】

三十

我希望你们有记性，将来上了年纪，不要随便打孩子。不过孩子也会有错处的，要好好的对他说。

【鲁迅书信集·致颜黎民】

三十一

倘若现在父母并没有将什么精神上体质上的缺点交给子女，又不遇意外的事，子女便当然健康，总算已经达到了继续生命的目的。但父母的责任还没有完，因为生命虽然继续了，却是停顿不得，所以还须教这新生命去发展。凡动物较高等的，对于幼雏，除了养育保护以外，往往还教他们生存上必需的本领。

《全集》第 1 卷第 135 页

三十二

子女是即我非我的人，但既已分立，也便是人类中的人。因为即我，所以更应该尽教育的义务，交给他们自立的能力；因为非我，所以应该同时解放，全部为他们自己所有，成一个独立的人。

《全集》第 1 卷第 136 页

三十三

只要思想未遭锢蔽的人，谁也喜欢子女比自己强，更健康，更聪明高尚，——更幸福；就是超越了自己，超越了过去。超越便须改变，所以子孙对于祖先的事，应该改变。

《全集》第 1 卷第 135 页

三十四

中国相传的成法，谬误很多：一种是锢闭，以为可以与社会隔离，不受影响。一种是教给他恶本领，以为如此才能在社会中生活。用这类方法的长者，虽然也含有继续生命的好意，但比照事理，却决定谬误。此外还有一种，是传授些周旋方法，教他们顺应社会。这与数年前讲"实用主义"的人，因为市上有假洋钱，便要在学校里遍教学生看洋钱的法子之类，同一错误。

《全集》第 1 卷第 138 页

三十五

时势既有改变，生活也必须进化；所以后起的人物，一定异于前，决不能用同一模型，无理嵌定。

《全集》第 1 卷第 136 页

三十六

长者须是指导者协商者，却不该是命令者。不但不该责幼者供奉自己；而且还须用全副精神，专为他们自己，养成他们有耐劳作的体力，纯洁高尚的道德，广博自由能容纳新潮流的精神，也就是能在世界新潮流中游泳，不被淹没的力量。

《全集》第 1 卷第 136 页

三十七

动物界中除了生子数目太多——爱不周到的如鱼类之外，总是挚爱他的幼子，不但绝无利益心情，甚或至于牺牲了自己，让他的将来的生命，去上那发展的长途。

《全集》第 1 卷第 133 页

三十八

觉醒的人，此后应将这天性的爱，更加扩张，更加醇化；用无我的爱，自己牺牲于后起新人。

《全集》第 1 卷第 135 页

三十九

有了子女，即天然相爱，愿他生存；更进一步的，便还要愿他比自己更好，就是进化。

《全集》第 1 卷第 133 页

四十

觉醒的父母，完全应该是义务的，利他的，牺牲的，很不易做；而在中国尤不易做。中国觉醒的人，为想随顺长者解放幼者，便须一面清洁旧账，一面开辟新路。

《全集》第 1 卷第 140 页

四十一

要做解放子女的父母，也应预备一种能力。便是自己虽然已经带着过去的色彩，却不失独立的本领和精神，有广博的趣味，高尚的娱乐。

《全集》第 1 卷第 136 页

四十二

此后觉醒的人，应该先洗净了东方古传的谬思想，对于子女，义务思想须加多，而权利思想却大可切实核减，以准备改作幼者本位的道德。况且幼者受了权利，也并非永久占有，将来还要对于他们的幼者，仍尽义务。只是前前后后，都做一切过付的经手人罢了。

《全集》第 1 卷第 132 页

四十三

“我们现在怎样做父亲”。我现在心以为然的道理，极其简单。便是依据生物界的现象，一，要保存生命；二，要延续这生命；三，要发展这生命（就是进化）。生物都这样做，父亲也就是这样做。

《全集》第 1 卷第 130 页

四十四

后起的生命，总比以前的更有意义，更近完全，因此也更有价值，更可宝贵；前者的生命，应该牺牲于他。

《全集》第 1 卷第 132 页

四十五

做儿子时，以将来的好父亲自命，待到自己有了儿子的时候，先前的宣言早已忘得一干二净了。

《全集》第 6 卷第 80 页

四十六

抹煞了“爱”，一味说“恩”，又因此责望报偿，那便不但败坏了父子间的道德，而且也大反于做父母的实际的真情，播下乖剌的种子。

《全集》第 1 卷第 133 页

四十七

倘有慈母，或是幸福，然若生而失母，却也并非完全的不幸，他也许倒成为更加勇猛，更无挂碍的男儿的。

《全集》第 5 卷第 4 页

四十八

“爸爸”和前辈的话，固然也要听的，但也须说得有道理。

《全集》第 6 卷第 81 页

四十九

中国的孩子，只要生，不管他好不好，只要多，不管他才不才。生他的人，不负教他的责任。虽然“人口众多”这一句话，很可以闭了眼睛自负，然而这许多人口，便只在尘土中辗转，小的时候，不把他当人，大了以后也做不了人。

《全集》第 1 卷第 295 页

五十

孩子是可以敬服的，他常常想星月以上的境界，想到地面下的情形，想到花卉的用处，想到昆虫的言语；他想飞上天空，他想潜入蚁穴……所以给儿童看的图书就必须十分慎重，做起来也十分烦难。

《全集》第6卷第36页

五十一

中国娶妻早是福气，儿子多也是福气。所有小孩，只是他父母福气的材料，并非将来的“人”的萌芽。

《全集》第1卷第296页

五十二

将来的运命，早在现在决定，故父母的缺点，便是子孙灭亡的伏线，生命的危机。

《全集》第1卷第133页

五十三

凡一个人，即使到了中年以至暮年，倘一和孩子接近，便会踏进久经忘却了的孩子世界的边疆去，想到月亮怎么会跟着人走，星星究竟是怎么嵌在天空中。

《全集》第6卷第35页

五十四

食欲是保存自己，保存现在生命的事；性欲是保存后裔，保存永久生命的事。饮食并非罪恶，并非不净；性交也就并非罪恶，并非不净。饮食的结果，养活了自己，对于自己没有恩，性交的结果，生出子女，对于子女当然也算不了恩。——前前后后，都向生命的长途走去，仅有先后的不同，分不出谁受谁的恩典。

《全集》第1卷第131页

五十五

女人的天性中有母性，有女儿性；无妻性。妻性是逼成的，只是母性和女儿性的混合。

《全集》第 3 卷第 531 页

五十六

中国人有一种矛盾思想，即是：要子孙生存，而自己也想活得很长久，永远不死；及至知道没法可想，非死不可了，却希望自己的尸身永远不腐烂。

《全集》第 7 卷第 307 页

五十七

你们所多的是生力，遇见深林，可以辟成平地的，遇见旷野，可以栽种树木的，遇见沙漠，可以开掘井泉的。

《全集》第 3 卷第 56 页

五十八

愿中国青年都摆脱冷气，只是向上走，不必听自暴自弃者流的话。能做事的做事，能发声的发声。有一分热，发一分光，就令萤火一般，也可以在黑暗里发一点光，不必等候炬火。

《全集》第 1 卷第 325 页

五十九

我早就很希望中国的青年站出来，对于中国的社会，文明，都毫无忌惮地加以批评。

《全集》第 3 卷第 4 页

六十

青年们先可以将中国变成一个有声的中国。大胆地说话，勇敢地进行，忘掉了一切利害，推开了古人，将自己的真心的话发表出来。……只有真的声音，才能感动中国的人和世界的人；必须有了真的声音，才能和世界的人同在世界上生活。

《全集》第 4 卷第 15 页

六十一

无须反顾，因为前面还有道路在。而创造这中国历史上未曾有过的第三样时代，则是现在的青年的使命！

《全集》第 1 卷第 213 页

六十二

我是主张青年也可以看看“帝国主义者”的作品的，这就是古语的所谓“知己知彼”。青年为了要看虎狼，赤手空拳地跑到深山里去固然是呆子，但因为虎狼可怕，连用铁栅围起来了的动物园里也不敢去，却也不能不说是一位可笑的愚人。

《全集》第 5 卷第 296 页

六十三

在青年，须是有不平而不悲观，常抗战而亦自卫，倘荆棘非践不可，固然不得不践，但若无须必践，即不必随便去践，这就是我之所以主张“壕堑战”的原因，其实也无非想多留下几个战士，以得更多的成绩。

《全集》第 11 卷第 21 页

六十四

中国青年中，有些很有太“急”的毛病，因此就难于持久（因为开首太猛，易将力气用完），也容易碰钉子，吃亏而发脾气，此不佞所再三申说者也，亦自己所曾经实验者也。

《全集》第 11 卷第 90 页

六十五

我看中国青年，大都有愤激一时的缺点。

《全集》第 13 卷第 155 页

六十六

我们总得将青年从牢狱里引出来，路上的危险，当然是有的，但这是求生的偶然的危险，无从逃避。

《全集》第 3 卷第 53 页

六十七

将来必胜于过去，青年必胜于老人。对于青年，我敬重不暇，往往给我十刀，我只还他一箭。

【三闲集·序言】

六十八

幼稚是会生长的，会成熟的，只不要衰老，腐败，就好。

【三闲集·无声的中国】

六十九

讲来讲去总是这几套，纵使记性坏，多听了也会烦厌的。

【准风月谈·归厚】

七十

用秕谷来养青年，是决不会壮大的。

【准风月谈·由聋而哑】

七十一

初出阵的时候，

幼稚和浅薄都不要紧，

然而也须不断的生长起来才好。

【三闲集·鲁迅译著书目】

七十二

帮闲，在忙的时候就是帮忙，倘若主子忙于行凶作恶，那自然也就是帮凶。但他的帮法，是在血案中而没有血迹，也没有血腥气的。

【准风月谈·帮闲法发隐】

七十三

草要在旱干的沙漠中间，拼命伸长它的根，吸取深地中的水泉，来造成碧绿的林莽，自然是为了自己的“生”的，然而使疲劳的枯渴的旅人，一见就怡然觉得遇到了暂时息肩之所，这是如何的可以感激，而且可以悲哀的事！？

【野草·一觉】

七十四

青年思想简单，不知道环境之可怕，只要一时听得畅快，说得畅快，而实际上却是大大的得不偿失。

【1933年10月31日致曹靖华】

七十五

小的时候，不把他当人，大了以后，也做不了人。

【热风随感录二十五】

文学鉴赏

未有天才之前[①]

——一九二四年一月十七日在北京师范大学附属中学校友会讲

我自己觉得我的讲话不能使诸君有益或者有趣，因为我实在不知道什么事，但推托拖延得太长久了，所以终于不能不到这里来说几句。

我看现在许多人对于文艺界的要求的呼声之中，要求天才的产生也可以算是很盛大的了，这显然可以反证两件事：一是中国现在没有一个天才，二是大家对于现在的艺术的厌薄。天才究竟有没有？也许有着罢，然而我们和别人都没有见。倘使据了见闻，就可以说没有；不但天才，还有使天才得以生长的民众。

天才并不是自生自长在深林荒野里的怪物，是由可以使天才生长的民众产生，长育出来的，所以没有这种民众，就没有天才。有一回拿破仑过 Alps 山[②]，说，"我比 Alps 山还要高！"这何等英伟，然而不要忘记他后面跟着许多兵；倘没有兵，那只有被山那面的敌人捉住或者赶回，他的举动，言语，都离了英雄的界线，要归入疯子一类了。所以我想，在要求天才的产生之前，应该先要求可以使天才生长的民众。——譬如想有乔木，想看好花，一定要有好土；没有土，便没有花木了；所以土实在较花木还重要。花木非有土不可，正同拿破仑非有好兵不可一样。

然而现在社会上的论调和趋势，一面固然要求天才，一面却要他灭亡，连预备的土也想扫尽。举出几样来说：

---

① 本篇最初发表于一九二四年北京师范大学附属中学《校友会刊》第一期。

② Alps 山：即阿尔卑斯山。欧洲最高大的山脉。一八〇〇年拿破仑曾越过此山同奥地利军作战。

其一就是“整理国故”[①]。自从新思潮来到中国以后，其实何尝有力，而一群老头子，还有少年，却已丧魂失魄地来讲国故了，他们说：“中国自有许多好东西，都不整理保存，倒去求新，正如放弃祖宗遗产一样不肖。”抬出祖宗来说法，那自然是极威严的，然而我总不信在旧马褂未曾洗净叠好之前，便不能做一件新马褂。就现状而言，做事本来还随各人的自便，老先生要整理国故，当然不妨去埋在南窗下读死书，至于青年，却自有他们的活学问和新艺术，各干各事，也还没有大妨害的，但若拿了这面旗子来号召，那就是要中国永远与世界隔绝了。倘以为大家非此不可，那更是荒谬绝伦！我们和古董商人谈天，他自然总称赞他的古董如何好，然而他决不痛骂画家，农夫，工匠等类，说是忘记了祖宗：他实在比许多国学家聪明得远。

其一是“崇拜创作”。从表面上看来，似乎这和要求天才的步调很相合，其实不然。那精神中，很含有排斥外来思想，异域情调的分子，所以也就是可以使中国和世界潮流隔绝的。许多人对于托尔斯泰，都介涅夫[②]，陀思妥耶夫斯基的名字，已经厌听了，然而他们的著作，有什么译到中国来？眼光囚在一国里，听谈彼得和约翰就生厌，定须张三李四才行，于是创作家出来了，从实说，好的也离不了刺取点外国作品的技术和神情，文笔或者漂亮，思想往往赶不上翻译品，甚者还要加上些传统思想，使他适合于中国人的老脾气，而读者却已为他所牢笼了，于是眼界便渐渐的狭小，几乎要缩进旧圈套里去。作者和读者互相为因果，排斥异流，抬上国粹，那里会有天才产生？即使产生了，也是活不下去的。

这样的风气的民众是灰尘，不是泥土，在他这里长不出好花和乔木来！

还有一样是恶意的批评。大家的要求批评家的出现，也由来已久了，到目下就出了许多批评家。可惜他们之中很有不少是不平家，不像批评家，作品才到面前，便恨恨地磨墨，立刻写出很高明的结论道：“唉，

① “整理国故”：胡适所提倡的一种主张。作者此处泛指该主张的追随者。

② 都介涅夫：现通译作屠格涅夫(1818—1883)，俄国作家。

幼稚得很。中国要天才!”到后来，连并非批评家也这样叫喊了，他是听来的。其实即使天才，在生下来的时候的第一声啼哭，也和平常的儿童的一样，决不会就是一首好诗。因为幼稚，当头加以戕贼，也可以萎死的。我亲见几个作者，都被他们骂得寒噤了。那些作者大约自然不是天才，然而我的希望是便是常人也留着。

恶意的批评家在嫩苗的地上驰马，那当然是十分快意的事；然而遭殃的是嫩苗——平常的苗和天才的苗。幼稚对于老成，有如孩子对于老人，决没有什么耻辱；作品也一样，起初幼稚，不算耻辱的。因为倘不遭了戕贼，他就会生长，成熟，老成；独有老衰和腐败，倒是无药可救的事!我以为幼稚的人，或者老大的人，如有幼稚的心，就说幼稚的话，只为自己要说而说，说出之后，至多到印出之后，自己的事就完了，对于无论打着什么旗子的批评，都可以置之不理的!

就是在座的诸君，料来也十之九愿有天才的产生罢，然而情形是这样，不但产生天才难，单是有培养天才的泥土也难。我想，天才大半是天赋的；独有这培养天才的泥土，似乎大家都可以做。做土的功效，比要求天才还切近；否则，纵有成千成百的天才，也因为没有泥土，不能发达，要像一碟子绿豆芽。

做土要扩大了精神，就是收纳新潮，脱离旧套，能够容纳，了解那将来产生的天才；又要不怕做小事业，就是能创作的自然是创作，否则翻译，介绍，欣赏，读，看，消闲都可以。以文艺来消闲，说来似乎有些可笑，但究竟较胜于戕贼他。

泥土和天才比，当然是不足齿数的，然而不是坚苦卓绝者，也怕不容易做；不过事在人为，比空等天赋的天才有把握。这一点，是泥土的伟大的地方，也是反有大希望的地方。而且也有报酬，譬如好花从泥土里出来，看的人固然欣然的赏鉴，泥土也可以欣然的赏鉴，正不必花卉自身，这才心旷神怡的——假如当作泥土也有灵魂的说。

（选自《坟》）

第三章 鲁迅箴言之求知与探索

一

哪里有天才，我是把别人喝咖啡的工夫都用在了工作上了。

【鲁迅语（引自〈鲁迅先生珍惜时间〉）】

二

一无根柢学问，爱国之类，俱是空谈；现在要图，实只在熬苦求学，惜此又非今之学者所乐闻也。

【鲁迅书信集·致宋崇义】

三

古人说，不读书便成愚人，那自然也不错的。

【坟·写在〈坟〉后面】

四

时间就像海绵里的水，只要愿挤，总还是有的。

【鲁迅语（引自〈鲁迅先生珍惜时间〉）】

五

“一劳永逸”的话，有是有的，而“一劳永逸”的事却极少……

【花边文学·再论重译】

六

节省时间，也就是使一个人的有限的生命，更加有效，而也即等于延长了人的生命。

【准风月谈·禁用和自造】

七

读死书是害己，一开口就害人；但不读书也并不见得就好。

【花边文学·读几本书】

八

美国人说，时间就是金钱；但我想：时间就是性命。无端的空耗别人的时间，其实是无异于谋财害命的。

【且介亭杂文·门外文谈】

九

文章应该怎样做，我说不出来，因为自己的作文，是由于多看和多练习，此外并无心得或方法的。

【鲁迅书信集·致赖少麒】

十

我想，凡嗜好的读书，能够手不释卷的原因也就是这样。他在每一叶每一叶里，都得着深厚的趣味。自然，也可以扩大精神，增加智识的，但这些倒都不计及，一计及，便等于意在赢钱的博徒了，这在博徒之中，也算是下品。

【而已集·读书杂谈】

十一

这事我们得赶快做，否则，要来不及做，或轮不到我们做。

【鲁迅语（引自郑振铎〈永在的温情〉）】

十二

每作一文，不写完就不放手，倘若一天弄不完，则必须做到没有力气了，才可以放下，但躺着也还要想到。

【鲁迅书信集·致萧军、萧红】

十三

“将来”这回事，虽然不能知道情形怎样，但有是一定会有的，就是一定会到来的，所愿者到了那时，就成了“那时的现在”，然而人们也不必这样悲观，只要“那时的现在”，比“现在的现在”好一点就很好了，这就是进步。

【两地书】

十四

倘能够大家去做爱做的事，而仍然各有饭吃，那是多么幸福。

【而已集·读书杂谈】

十五

爱看书的青年，大可以看看本分以外的书，即课外的书，不要只将课内的书抱住。……应做的功课已完而有余暇，大可以看看各样的书，即使和本业毫不相干的，也要泛览。

【而已集·读书杂谈】

十六

为现在抗争，却也正是为现在和未来的战斗的作者，因为失掉了现在，也就没有了未来。

【且介亭杂文·序言】

十七

要观察，还是先要经过思索和读书。

【而已集·读书杂谈】

十八

“急不择言”的病根，并不在没有想的工夫，而在有工夫的时候没有想。

【华盖集·忽然想到十一】

十九

身在现世，怎么离去？这是和说自己用手提着耳朵，就可以离开地球者一样地欺人。

【三闲集·文艺与革命】

二十

经验的所得的结果无论好坏，都要很大的牺牲，虽是小事情，也免不掉要付惊人的代价。

【南腔北调集·经验】

二十一

较好的是思索者，因为能用自己的生活力了，但还不免是空想，所以更好的是观察者，他用自己的眼睛去读世间这一部活书。

【而已集·读书杂谈】

二十二

火能烧死人，水也能淹死人，但水的模样柔和，好像容易亲近，因而也容易上当。

【花边文学·水性】

二十三

志愿愈大，希望愈高，可以致力之处就愈少，可以自解之处也愈多。

【三闲集·叶永蓁作〈小小十年〉引】

二十四

一碰钉子，便大失望，如果先前不期必胜，则即使失败，苦痛恐怕会小得多罢。

【三闲集·通信】

二十五

中国人的聪明是决不在白种人之下的。

《全集》第 3 卷第 10 页

二十六

我们从古以来，就有埋头苦干的人，有拼命硬干的人，有为民请命的人，有舍身求法的人，……虽是等于为帝王将相作家谱的所谓“正史”，也往往掩不住他们的光耀，这就是中国的脊梁。

《全集》第 6 卷第 118 页

二十七

说中国人失掉了自信力，用以指一部分人则可，倘若加于全体，那简直是诬蔑。

《全集》第 6 卷第 118 页

二十八

孩子初学步的第一步，在成人看来，的确是幼稚，危险，不成样子，或者简直是可笑的。但无论怎样的愚妇人，却总以恳切的希望的心，看他跨出这第一步去，决不会因为他的走法幼稚，怕要阻碍阔人的路线而“逼死”他；也决不至于将他禁在床上，使他躺着研究到能够飞跑时再下地。因为她知道：假如这么办，即使长到一百岁也还是不会走路的。

《全集》第3卷第143～144页

二十九

人类为向上，即发展起见，应该活动，活动而有若干失错，也不要紧。惟独半死半生的苟活，是全盘失错的。因为他挂了生活的招牌，其实却引人到死路上去！

《全集》第3卷第52页

三十

嘲笑堂吉诃德的旁观者，有时也嘲笑得未必得当。

《全集》第7卷第398页

三十一

这是的确的，实地经验总比看，听，空想确凿。

《全集》第3卷第443页

三十二

人常常会事后才聪明。

《全集》第6卷第408页

三十三

古人所传授下来的经验，有些实在是极可宝贵的，因为它曾经费去许多牺牲，而留给后人很大的益处。

《全集》第4卷第539页

三十四

人不能不吃饭，因此即不能不做事。

《全集》第 11 卷第 620 页

三十五

我的"新生活"，却实在并非忙于和爱人接吻，游公园，而苦于终日伏案写字。

《全集》第 11 卷第 660 页

三十六

巨大的建筑，总是一木一石叠起来的，我们何妨做这一木一石呢？我时常做些零碎事，就是为此。

《全集》第 13 卷第 162 页

三十七

天下事尽有小作为比大作为更烦难的。

《全集》第 1 卷第 161 页

三十八

我也并非不知道灾害不过暂时，如果没有记录，到明年就会大家不提起，然而光荣的事业却是永久的。

《全集》第 5 卷第 515 页

三十九

一个人也许应该做点事，但也无须劳而无功。

《全集》第 11 卷第 151 页

四十

做事不切实，便什么都可疑。

《全集》第 3 卷第 312 页

四十一

与其来种荆棘，不如留下一片白地，让别的好园丁来种可以永久观赏的佳花。

《全集》第 5 卷第 507 页

四十二

凡事彻底是好的，而“透底”就不见得高明。

《全集》第 5 卷第 103 页

四十三

做事遇着隔膜者，真是连小事情也碰头。

《全集》第 11 卷第 53 页

四十四

做事自然应该做的，但不要拼命地做才好。

《全集》第 11 卷第 134 页

四十五

单是话不行，要紧的是做。

《全集》第 6 卷第 102 页

四十六

许多事是不能为了讨前进的批评家喜欢，一味闭了眼睛作豪语的。

《全集》第 5 卷第 518 页

四十七

这拉纤或把舵的好方法，虽然也可以口谈，但大抵得益于实验，无论怎么看风看水，目的只是一个：向前。

《全集》第 6 卷第 102 页

四十八

坐着而等待平安，等待前进，倘能，那自然是很好的，但可虑的是老死而所等待的却终于不至；不生育，不流产而等待一个英伟的宁馨儿[①]，那自然也很可喜的，但可虑的是终于什么也没有。

《全集》第 3 卷第 144 页

四十九

假使做事要面面顾到，那就什么事都不能做了。

《全集》第 8 卷第 189 页

五十

一个人做事不专，这样弄一点，那样弄一点，既要翻译，又要做小说，还要做批评，并且也要做诗，这怎么弄得好呢？

《全集》第 4 卷第 236 页

---

① 晋宋时代的俗语，是“这样的孩子”的意思。

五十一

许多事是做的人必须有这一门特长的，这才做得好。

《全集》第 3 卷第 303 页

五十二

一碗酸辣汤，耳闻口讲的，总不如亲自呷一口的明白。

【华盖集·记“发薪”】

五十三

节省时间，也就是使一个人的有限生命，更加有效，而也即等于延长了人的生命。

《全集》第 5 卷第 315 页

五十四

杀了“现在”，也便杀了“将来”。——将来是子孙的时代。

《全集》第 1 卷第 350 页

五十五

时光，是一天天的过去了，大大小小的事情，也跟着过去，不久就在我们的记忆上消亡；而且都是分散的，就我自己而论，没有感到和没有知道的事情真不知有多少。

《全集》第 5 卷第 410 页

五十六

外来的东西，单取一件，是不行的，有汽车也须有好道路，一切事总免不掉环境的影响。

【三闲集·现今的新文学的概观】

五十七

看别的书也一样，仍要自己思索，自己观察。倘只看书，便变成书橱，即使自己觉得有趣，而那趣味其实是已在逐渐硬化，逐渐死去了。

《全集》第 3 卷第 443 页

五十八

我们自动的读书，即嗜好的读书，请教别人是大抵无用，只好先行泛览，然后抉择而入于自己所爱的较专的一门或几门；但专读书也有弊病，所以必须和实社会接触，使所读的书活起来。

《全集》第 3 卷第 444 页

五十九

不满是向上的车轮，能够载着不自满的人类，向人道前进。

【热风 · 随感录六十一 · 不满】

六十

无论是学文的，学科学的，他应该先看一部关于历史的简明而可靠的书。但如果他专讲天王星，或海王星，虾蟆的神经细胞，或只咏梅花，叫妹妹，不发关于社会的议论，那么，自然，不看也可以的。

《全集》第 6 卷第 139 页

六十一

生在现今的时代，捧着古书是完全没有用处的了。

《全集》第 7 卷第 311 页

六十二

我看中国书时，总觉得就沉静下去，与实人生离开；读外国书——但除了印度——时，往往就与人生接触，想做点事。

中国书虽有劝人入世的话，也多是僵尸的乐观；外国书即使是颓唐和厌世的，但却是活人的颓唐和厌世。

《全集》第 3 卷第 12 页

六十三

倘能生存，我当然仍要学习。

《全集》第 6 卷第 538 页

六十四

“会摹仿”决不是劣点，我们正应该学习这“会摹仿”的。“会摹仿”又加以有创造，不是更好么？

《全集》第 6 卷第 82 页

六十五

学外国文，断断续续，是学不好的。

《全集》第 13 卷第 328 页

六十六

学问都各有用处，要定什么是头等还很难。

《全集》第 3 卷第 440 页

六十七

凡事须得研究，才会明白。

《全集》第 1 卷第 423 页

六十八

世界上有许多事实，不看记载，是天才也想不到的。

《全集》第 5 卷第 542 页

六十九

不知其有而不求曰胡涂，知其有而不求曰懒惰。

《全集》第 4 卷第 201 页

七十

怀疑并不是缺点。总是疑，而并不下断语，这才是缺点。

《全集》第 6 卷第 486 页

七十一

“发思古之幽情”，往往为了现在。

《全集》第 5 卷第 571 页

七十二

假使寻不出路，我们所要的就是梦；但不要将来的梦，只要目前的梦。

《全集》第 1 卷第 160 页

七十三

幻想飞得太高，堕在现实上的时候，伤就格外沉重了。

【华盖集·补白】

七十四

自然不免幼稚，但恐怕也可以看见它恰如压在大石下面的植物一般，虽然并不繁荣，它却在曲曲折折地生长。

【且介亭杂文·草鞋脚】

七十五

读死书会变成书呆子，甚至于成为书橱。

【花边文学·读几本书】

七十六

专看文学书，也不好的。先前的文学青年，往往厌恶数学，理化，史地，生物学，以为这些都无足重轻，后来变成连常识也没有，研究文学固然不明白，自己做起文章来，也糊涂。

【鲁迅书信集·致颜黎民】

七十七

倘是狮子，夸说怎样肥大是不妨事的，如果是一口猪或一匹羊，肥大倒不是好兆头。

【鲁迅语(引自唐弢〈琐忆〉)】

七十八

在寻求中，我就怕我未熟的果实偏偏毒死了偏爱我的果实的人。

【坟·写在〈坟〉后面】

七十九

读书也有"忌"，不过与"食忌"稍不同。这就是某一类书决不能和某一类书同看，否则两者中之一必被克杀，或者至少使读者反而发生愤怒。

【花边文学·读书忌】

八十

即使并非中国所固有的罢，只要是优点，我们也应该学习。即使那老师是我们的仇敌罢，我们也应该向他学习。

【且介亭杂文·从孩子的照像说起】

文学鉴赏

在现代中国的孔夫子[①]

新近的上海的报纸，报告着因为日本的汤岛[②]，孔子的圣庙落成了，湖南省主席何键[③]将军就寄赠了一幅向来珍藏的孔子的画像。老实说，中国的一般的人民，关于孔子是怎样的相貌，倒几乎是毫无所知的。自古以来，虽然每一县一定有圣庙，即文庙，但那里面大抵并没有圣像。凡是绘画，或者雕塑应该崇敬的人物时，一般是以大于常人为原则的，但一到最应崇敬的人物，例如孔夫子那样的圣人，却好像连形象也成为亵渎，反不如没有的好。这也不是没有道理的。孔夫子没有留下照相来，自然不能明白真正的相貌，文献中虽然偶有记载，但是胡说白道也说不定。若是从新雕塑的话，则除了任凭雕塑者的空想而外，毫无办法，更加放心不下。于是儒者们也终于只好采取"全部，或全无"的勃兰特式的态度了。

然而倘是画像，却也会间或遇见的。我曾经见过三次：一次是《孔子家语》[④]里的插画；一次是梁启超氏亡命日本时，作为横滨出版的《清议报》[⑤]上的卷头画，从日本倒输入中国来的；还有一次是刻在汉朝墓石上

---

① 本篇是作者用日文写的，最初发表于一九三五年六月号日本《改造》月刊。中译文最初发表于一九三五年七月在日本东京出版的《杂文》月刊第二号，题为《孔夫子在现代中国》。

② 汤岛：日本东京的一条街道名。

③ 何键（1887—1956）：国民党军阀。字芸樵，湖南醴陵人。时任国民党湖南省政府主席。

④ 《孔子家语》：一部记载孔子言行的书，内容大多辑录自《礼记》《论语》《左传》《国语》等。原书二十七卷，已佚，今本十卷，为三国魏王肃所辑。

⑤ 《清议报》：戊戌政变后梁启超亡命日本，在横滨发行的旬刊。

的孔子见老子的画像。说起从这些图画上所得的孔夫子的模样的印象来，则这位先生是一位很瘦的老头子，身穿大袖口的长袍子，腰带上插着一把剑，或者腋下挟着一枝杖，然而从来不笑，非常威风凛凛的。假使在他的旁边侍坐，那就一定得把腰骨挺得笔直，经过两三点钟，就骨节酸痛，倘是平常人，大约总不免急于逃走的了。

后来我曾到山东旅行。在为道路的不平所苦的时候，忽然想到了我们的孔夫子。一想起那具有俨然道貌的圣人，先前便是坐着简陋的车子，颠颠簸簸，在这些地方奔忙的事来，颇有滑稽之感。这种感想，自然是不好的，要而言之，颇近于不敬，倘是孔子之徒，恐怕是决不应该发生的。但在那时候，怀着我似的不规矩的心情的青年，可是多得很。

我出世的时候是清朝的末年，孔夫子已经有了“大成至圣文宣王”[①]这一个阔得可怕的头衔，不消说，正是圣道支配了全国的时代。政府对于读书的人们，使读一定的书，即四书和五经；使遵守一定的注释；使写一定的文章，即所谓“八股文”；并且使发一定的议论。然而这些千篇一律的儒者们，倘是四方的大地，那是很知道的，但一到圆形的地球，却什么也不知道，于是和四书上并无记载的法兰西和英吉利打仗而失败了。不知道为了觉得与其拜着孔夫子而死，倒不如保存自己们之为得计呢，还是为了什么，总而言之，这回是拚命尊孔的政府和官僚先就动摇起来，用官帑大翻起洋鬼子的书籍来了。属于科学上的古典之作的，则有侯失勒[②]的《谈天》，雷侠儿[③]的《地学浅释》，代那[④]的《金石识别》，到现在也还作为那时的遗物，间或躺在旧书铺子里。

---

① “大成至圣文宣王”：元大德十一年(1307)为孔子上的谥号。

② 侯失勒(1792—1871)：现通译作赫歌耳，英国天文学家、物理学家。其《谈天》中译本计十八卷，附表一卷，一八五九年出版。

③ 雷侠儿(1797—1875)：现通译作赖尔，英国地质学家。其《地学浅释》中译本计三十八卷，一八七一年出版。

④ 代那(1813—1895)：现通译作丹纳，美国地质学家、矿物学家。其《金石识别》中译本计十二卷，附表，一八七一年出版。

然而一定有反动。清末之所谓儒者的结晶，也是代表的大学士徐桐[1]氏出现了。他不但连算学也斥为洋鬼子的学问；他虽然承认世界上有法兰西和英吉利这些国度，但西班牙和葡萄牙的存在，是决不相信的，他主张这是法国和英国常常来讨利益，连自己也不好意思了，所以随便胡诌出来的国名。他又是一九〇〇年的有名的义和团的幕后的发动者，也是指挥者。但是义和团完全失败，徐桐氏也自杀了。政府就又以为外国的政治法律和学问技术颇有可取之处了。我的渴望到日本去留学，也就在那时候。达了目的，入学的地方，是嘉纳先生所设立的东京的弘文学院[2]；在这里，三泽力太郎先生教我水是养气和轻气所合成，山内繁雄先生教我贝壳里的什么地方其名为"外套"。这是有一天的事情。学监大久保先生集合起大家来，说：因为你们都是孔子之徒，今天到御茶之水[3]的孔庙里去行礼罢！我大吃了一惊。现在还记得那时心里想，正因为绝望于孔夫子和他的之徒，所以到日本来的，然而又是拜么？一时觉得很奇怪。而且发生这样感觉的，我想决不止我一个人。

但是，孔夫子在本国的不遇，也并不是始于二十世纪了。孟子批评他为"圣之时者也"[4]，倘翻成现代语，除了"摩登圣人"实在也没有别的法。为他自己计，这固然是没有危险的尊号，但也不是十分值得欢迎的头衔。不过在实际上，却也许并不这样子。孔夫子的做定了"摩登圣人"是死了以后的事，活着的时候却是颇吃苦头的。跑来跑去，虽然曾经贵为鲁国的警视总监[5]，而又立刻下野，失业了；并且为权臣所轻蔑，为野人所嘲弄，甚至于为暴民所包围，饿扁了肚子。弟子虽然收了三千名，中用

① 徐桐(1819—1900)：清末守旧派官僚，汉军正蓝旗人。

② 弘文学院：一所专门为中国留学生创立的学习日语和基础课的预备学校，创办人为嘉纳治王郎(1860—1938)。

③ 御茶之水：日本东京地名。汤岛圣堂即在御茶之水车站附近，故文中"御茶之水的孔庙"即为汤岛圣堂。

④ "圣之时者也"：语出《孟子·万章》。

⑤ 警视总监：日本官名，主管全国警察工作的最高长官。孔子曾一度担任鲁国负责刑狱司法工作的司寇，和警视总监地位相当。

的却只有七十二，然而真可以相信的又只有一个人。有一天，孔夫子愤慨道："道不行，乘桴浮于海，从我者，其由与？"①从这消极的打算上，就可以窥见那消息。然而连这一位由，后来也因为和敌人战斗，被击断了冠缨，但真不愧为由呀，到这时候也还不忘记从夫子听来的教训，说道"君子死，冠不免"②，一面系着冠缨，一面被人砍成肉酱了。连惟一可信的弟子也已经失掉，孔子自然是非常悲痛的，据说他一听到这信息，就吩咐去倒掉厨房里的肉酱云。③

孔夫子到死了以后，我以为可以说是运气比较的好一点。因为他不会噜苏了，种种的权势者便用种种的白粉给他来化妆，一直抬到吓人的高度。但比起后来输入的释迦牟尼来，却实在可怜得很。诚然，每一县固然都有圣庙即文庙，可是一副寂寞的冷落的样子，一般的庶民，是决不去参拜的，要去，则是佛寺，或者是神庙。若向老百姓们问孔夫子是什么人，他们自然回答是圣人，然而这不过是权势者的留声机。他们也敬惜字纸，然而这是因为倘不敬惜字纸，会遭雷殛的迷信的缘故；南京的夫子庙固然是热闹的地方，然而这是因为另有各种玩耍和茶店的缘故。虽说孔子作《春秋》而乱臣贼子惧，然而现在的人们，却几乎谁也不知道一个笔伐了的乱臣贼子的名字。说到乱臣贼子，大概以为是曹操，但那并非圣人所教，却是写了小说和剧本的无名作家所教的。

总而言之，孔夫子之在中国，是权势者们捧起来的，是那些权势者或想做权势者们的圣人，和一般的民众并无什么关系。然而对于圣庙，那些权势者也不过一时的热心。因为尊孔的时候已经怀着别样的目的，所以目的一达，这器具就无用，如果不达呢，那可更加无用了。在三四十年

---

① 引语见《论语·公冶长》。桴即竹、木编成的筏子。由，仲由，即子路，孔子最信任的弟子之一。

② "君子死，冠不免"：语出《左传·哀公十五年》："石乞、盂黡敌子路，以戈击之，断缨。子路曰：'君子死，冠不免。'结缨而死。"缨即系冠的带子。

③ 关于孔子因子路死而倒掉肉酱事，见《孔子家语·子贡问》："子路……仕于卫，卫有蒯聩之难……既而卫使至，曰：'子路死焉。'夫子哭之于中庭……进使者而问故，使者曰：'醢之矣。'遂令左右皆覆醢，曰：'吾何忍食此！'"

以前，凡有企图获得权势的人，就是希望做官的人，都是读“四书”和“五经”，做“八股”，别一些人就将这些书籍和文章，统名之为“敲门砖”。这就是说，文官考试一及第，这些东西也就同时被忘却，恰如敲门时所用的砖头一样，门一开，这砖头也就被抛掉了。孔子这人，其实是自从死了以后，也总是当着“敲门砖”的差使的。

一看最近的例子，就更加明白。从二十世纪的开始以来，孔夫子的运气是很坏的，但到袁世凯时代，却又被从新记得，不但恢复了祭典，还新做了古怪的祭服，使奉祀的人们穿起来。跟着这事而出现的便是帝制。然而那一道门终于没有敲开，袁氏在门外死掉了。余剩的是北洋军阀，当觉得渐近末路时，也用它来敲过另外的幸福之门。盘据着江苏和浙江，在路上随便砍杀百姓的孙传芳将军，一面复兴了投壶之礼；钻进山东，连自己也数不清金钱和兵丁和姨太太的数目了的张宗昌[①]将军，则重刻了《十三经》，而且把圣道看作可以由肉体关系来传染的花柳病一样的东西，拿一个孔子后裔的谁来做了自己的女婿。然而幸福之门，却仍然对谁也没有开。

这三个人，都把孔夫子当作砖头用，但是时代不同了，所以都明明白白的失败了。岂但自己失败而已呢，还带累孔子也更加陷入了悲境。他们都是连字也不大认识的人物，然而偏要大谈什么《十三经》之类，所以使人们觉得滑稽；言行也太不一致了，就更加令人讨厌。既已厌恶和尚，恨及袈裟，而孔夫子之被利用为或一目的的器具，也从新看得格外清楚起来，于是要打倒他的欲望，也就越加旺盛。所以把孔子装饰得十分尊严时，就一定有找他缺点的论文和作品出现。即使是孔夫子，缺点总也有的，在平时谁也不理会，因为圣人也是人，本是可以原谅的。然而如果圣人之徒出来胡说一通，以为圣人是这样，是那样，所以你也非这样不可

---

① 张宗昌（1881—1932）：北洋奉系军阀，山东掖县人。一九二五年任山东督军时他曾提倡尊孔读经。

的话，人们可就禁不住要笑起来了。五六年前，曾经因为公演了《子见南子》[①]这剧本，引起过问题，在那个剧本里，有孔夫子登场，以圣人而论，固然不免略有欠稳重和呆头呆脑的地方，然而作为一个人，倒是可爱的好人物。但是圣裔们非常愤慨，把问题一直闹到官厅里去了。因为公演的地点，恰巧是孔夫子的故乡，在那地方，圣裔们繁殖得非常多，成着使释迦牟尼和苏格拉第都自愧弗如的特权阶级。然而，那也许又正是使那里的非圣裔的青年们，不禁特地要演《子见南子》的原因罢。

中国的一般的民众，尤其是所谓愚民，虽称孔子为圣人，却不觉得他是圣人；对于他，是恭谨的，却不亲密。但我想，能像中国的愚民那样，懂得孔夫子的，恐怕世界上是再也没有的了。不错，孔夫子曾经计划过出色的治国的方法，但那都是为了治民众者，即权势者设想的方法，为民众本身的，却一点也没有。这就是"礼不下庶人"。成为权势者们的圣人，终于变了"敲门砖"，实在也叫不得冤枉。和民众并无关系，是不能说的，但倘说毫无亲密之处，我以为怕要算是非常客气的说法了。不去亲近那毫不亲密的圣人，正是当然的事，什么时候都可以，试去穿了破衣，赤着脚，走上大成殿去看看罢，恐怕会像误进上海的上等影戏院或者头等电车一样，立刻要受斥逐的。谁都知道这是大人老爷们的物事，虽是"愚民"，却还没有愚到这步田地的。

四月二十九日

（选自《且介亭杂文二集》）

① 《子见南子》：林语堂所作独幕剧，载于《奔流》第一卷第六期（1928年11月）。

第四章　鲁迅箴言之道德与情操

一

风格和情绪，倾向之类，不但因人而异，而且因事而异，因时而异。

《全集》第 5 卷第 372 页

二

你信仰什么主义，就该诚挚地力行，不该张大了嘴唱着好听。

《全集》第 5 卷第 35 页

三

自然赋予人们的不调和还很多，人们自己萎缩堕落退步的也还很多，然而生命决不因此回头。无论什么黑暗来防范思潮，什么悲哀来袭击社会，什么罪恶来亵渎人道，人类的渴仰完全的潜力，总是踏了这些铁蒺藜向前进。

《全集》第 1 卷第 368 页

四

每一革命部队的突起，战士大抵不过是反抗现状这一种意思，大略相同，终极目的是极为歧异的。或者为社会，或者为小集团，或者为一个爱人，或者为自己，或者简直为了自杀。然而革命军仍然能够前行。因为在进军的途中，对于敌人，个人主义者所发的子弹，和集团主义者所发的子弹是一样地能够致其死命。

《全集》第 4 卷第 226 页

五

因为终极目的的不同，在行进时，也时时有人退伍，有人落荒，有人颓唐，有人叛变，然而只要无碍于进行，则愈到后来，这队伍也就愈成为纯粹，精锐的队伍了。

《全集》第 4 卷第 226 页

六

如果先前不期必胜，则即使失败，苦痛恐怕会小得多罢。

《全集》第 4 卷第 99 页

七

实弹打出来的却是青年的血。血不但不掩于墨写的谎语，不醉于墨写的挽歌；威力也压它不住，因为它已经骗不过，打不死了。

《全集》第 3 卷第 264 页

八

被征服者的苦痛，何止在征服者的不行仁政，和旧制度的不能保存呢？倘以为这是大苦，便未必是真心领得；不能真心领得苦病，也便难有新生的希望。

《全集》第 8 卷第 80 页

九

人类总有一种理想，一种希望。虽然高下不同，必须有个意义。自他两利固好，至少也得有益本身。

《全集》第 1 卷第 124 页

十

大愿，原是每个人都有的，不过有些人却模模胡胡，自己抓不住，说不出。

《全集》第 6 卷第 162 页

十一

新的建设的理想，是一切言动的南针，倘没有这而言破坏，便如未来派，不过是破坏的同路人，而言保存，则全然是旧社会的维持者。

《全集》第 7 卷第 356 页

十二

呼唤血和火的，咏叹酒和女人的，赏味幽林和秋月的，都要真的神往的心，否则一样是空洞。

《全集》第 7 卷第 300 页

十三

我不愿彷徨于明暗之间，我不如在黑暗里沉没。

《全集》第 2 卷第 165 页

十四

使精神堕落下去，是不好的，因为这能使自己受苦。

《全集》第 11 卷第 468 页

十五

不满是向上的车轮，能够载着不自满的人类，向人道前进。

《全集》第 1 卷第 359 页

十六

多有不自满的人的种族，永远前进，永远有希望。

多有只知责人不知反省的人的种族，祸哉祸哉！

《全集》第 1 卷第 359 页

十七

中国现在的人心中，不平和愤恨的分子太多了。不平还是改造的引线，但必须先改造自己，再改造社会，改造世界；万不可单是不平。至于愤恨，却几乎全无用处。

《全集》第 1 卷第 360 页

十八

灵台无计逃神矢，
风雨如磐暗故园。
寄意寒星荃不察，
我以我血荐轩辕。

《全集》第 7 卷第 423 页

十九

人生得一知己足矣，
斯世当以同怀视之。

《全集》第 5 卷卷首

二十

度尽劫波兄弟在，
相逢一笑泯恩仇。

《全集》第 7 卷第 151 页

二十一

不能提出真凭实据，而任意诬我的朋友为“内奸”，为“卑劣者”，我是要加以辩证的，这不仅是我的交友的道义，也是看人看事的结果。

《全集》第 6 卷第 534 页

二十二

装假固然不好，处处坦白，也不成，这要看是什么时候。和朋友谈心，不必留心，但和敌人对面，却必须刻刻防备。我们和朋友在一起，可以脱掉衣服，但上阵要穿甲。

《全集》第 13 卷第 79 页

二十三

损着别人的牙眼，却反对报复，主张宽容的人，万勿和他接近。

《全集》第 6 卷第 612 页

二十四

自称盗贼的无须防，得其反倒是好人；自称正人君子的必须防，得其反则是盗贼。

《全集》第 3 卷第 530 页

二十五

爱情必须时时更新、生长、创造。

《全集》第 2 卷第 115 页

二十六

爱情虽说是天赋的东西，但倘没有相当的刺戟和运用，就不发达。

《全集》第 1 卷第 264 页

二十七

在女子，是从有了丈夫，有了情人，有了儿女，而后真的爱情才觉醒的；否则，便潜藏着，或者竟会萎落，甚且至于变态。

《全集》第 1 卷第 264 页

二十八

人到无聊，便比什么都可怕，因为这是从自己发生的，不大有药可救。

《全集》第 11 卷第 88 页

二十九

愈是无聊赖，没出息的脚色，愈想长寿，想不朽，愈喜欢多照自己的照相，愈要占据别人的心，愈善于摆臭架子。

《全集》第 3 卷第 214 页

三十

暴露者揭发种种隐秘，自以为有益于人们，然而无聊的人，为消遣无聊计，是甘于受欺，并且安于自欺的，否则就更无聊赖。因为这，所以使戏法长存于天地之间，也所以使暴露幽暗不但为欺人者所深恶，亦且为被欺者所深恶。

《全集》第 5 卷第 457 页

三十一

暴露者只在有为的人们中有益，在无聊的人们中便要灭亡。

《全集》第 5 卷第 457 页

三十二

顽劣，钝滞，都足以使人没落，灭亡。

《全集》第 4 卷第 566 页

三十三

“爱惜自己”当然并不是坏事，至少，他不至于无耻，然而有些人往往误认“装点”和“遮掩”为“爱惜”。

《全集》第 6 卷第 431 页

三十四

我以为就是圣贤豪杰，也不必自惭他的童年；自惭，倒是一个错误。

《全集》第 6 卷第 256 页

三十五

感觉的细腻和锐敏，较之麻木，那当然算是进步的，然而以有助于生命的进化为限。如果不相干，甚而至于有碍，那就是进化中的病态，不久就要收梢。

《全集》第 5 卷第 314 页

三十六

性急就容易发脾气，最好要酌减“急”的角度，否则，要防自己吃亏，因为现在的中国，总是阴柔人物得胜。

《全集》第 11 卷第 89 页

三十七

激烈得快的，也平和得快，甚至于也颓废得快。

《全集》第 4 卷第 297 页

三十八

我的确时时解剖别人，然而更多的是更无情面地解剖我自己。

《全集》第 1 卷第 284 页

三十九

我解剖自己并不比解剖别人留情面。

《全集》第 3 卷第 457 页

四十

能忏悔的人，精神是极其崇高的。

《全集》第 6 卷第 153 页

四十一

改造自己，总比禁止别人来得难。

《全集》第 6 卷第 394 页

四十二

我憎恶那些拿了鞭子，专门鞭扑别人的人们。

《鲁迅书信集》下卷第 728～729 页

四十三

我自己总觉得我的灵魂里有毒气和鬼气，我极憎恶他，想除去他，而不能。我虽然竭力遮蔽着，总还恐怕传染给别人，我之所以对于和我往来较多的人有时不免觉到悲哀者以此。

《全集》第 11 卷第 431 页

四十四

缺点可以改正，优点可以相师。

《全集》第 5 卷第 436 页

四十五

假使一个人还有是非之心，倒不如直说的好；否则，虽然吞吞吐吐，明眼人也会看出他暗中“偏袒”那一方，所表白的不过是自己的阴险和卑劣。

《全集》第 3 卷第 77 页

四十六

因为真实，所以也有力。

《全集》第 6 卷第 234 页

四十七

事实是毫无情面的东西，它能将空言打得粉碎。

《全集》第 5 卷第 540 页

四十八

空谈之类，是谈不久，也谈不出什么来的，它终必被事实的镜子照出原形，拖出尾巴而去。

《鲁迅书简》下册第 780 页

四十九

大话不宜讲得太早，否则，倘有记性，将来想到时会脸红。

《全集》第 3 卷第 56 页

五十

比真价装得更低的谦虚和抬得更高的高傲，虽然同是虚假，而现在谦虚却算美德。

《全集》第 10 卷第 242 页

五十一

人说，讽刺和冷嘲只隔一张纸，我以为有趣和肉麻也一样。孩子对父母撒娇看似看得有趣，若是成人，便未免有些不顺限。放达的夫妻在人面前的互相爱怜的态度，有时略跨出有趣的界线，也容易变为肉麻。

《全集》第 2 卷第 328 页

五十二

感激，那不待言，无论从那一方面说起来，大概总算美德罢。但我总觉得这是束缚人的。譬如：我有时很想冒险，破坏，几乎忍不住，而我有一个母亲，还有些爱我，愿我平安，我因为感激他的爱，只能不照自己所愿意做的做，而在北京寻一点糊口的小生计，度灰色的生涯。因为感激别人，就不能不慰安别人，也往往牺牲了自己——至少是部分。

《全集》第 11 卷第 442 页

五十三

有时也觉得宽恕是美德，但立刻也疑心这话是怯汉所发明，因为他没有报复的勇气；或者倒是卑怯的坏人所创造，因为他贻害于人而怕人来报复，便骗以宽恕的美名。

《全集》第 1 卷第 223 页

五十四

驯良之类并不是恶德。但发展开去，对一切事无不驯良，却决不是美德，也许简直倒是没出息。

《全集》第 6 卷第 81 页

五十五

个人被当做用具，也讨厌的。

《全集》第 13 卷第 139 页

五十六

所谓互助者，也须有能助的力量，倘没有，也就无法了。

《全集》第 11 卷第 410 页

五十七

人也不能将别人都看做坏人看，能帮的也还是帮，不过最好是量力，不要拼命就是了。

《全集》第 11 卷第 198 页

五十八

在生活的路上，将血一滴一滴地滴过去，以饲别人，虽自觉渐渐瘦弱，也以为快活。

《全集》第 11 卷第 249 页

五十九

只要能培一朵花，就不妨做做会朽的腐草。

《全集》第 4 卷第 131 页

六十

一个人的中心并不一定在自己，有时别人倒是他的中心，所以虽说为人，其实也是为己，因此而不能“以自己定夺”的事，也就往往有之。

《全集》第 11 卷第 199 页

六十一

自利者一淹在水里面，将要灭顶的时候，只要抓得着，是无论“破锣”破鼓，都会抓住的，他决没有所谓“洁癖”。然而无论他终于灭亡或幸而爬起，始终还是一个自利者。

《全集》第 4 卷第 462 页

六十二

天下不舒服的人多着，而有些人却一心一意在造专给自己舒服的世界。

《全集》第 1 卷第 3 页

六十三

凡有老旧的调子，一到有一个时候，是都应该唱完的，凡是有良心，有觉悟的人，到一个时候，自然知道老调子不该再唱，将它抛弃。但是，一般以自己为中心的人们，却决不肯以民众为主体，而专图自己的便利，总是三翻四复的唱不完。于是，自己的老调子固然唱不完，而国家却已被唱完了。

《全集》第 7 卷第 309 页

六十四

不负责任的，不能照办的教训多，则相信的人少；利己损人的教训多，则相信的人更其少。

《全集》第 6 卷第 51 页

六十五

一定得有明确的是非，有热烈的好恶。

《全集》第 6 卷第 299 页

六十六

横眉冷对千夫指，

俯首甘为孺子牛。

《全集》第 7 卷第 147 页

六十七

我所遵奉的，是那时革命的前驱者的命令，也是我自己所愿意遵奉的命令，决不是皇上的圣旨，也不是金元和真的指挥刀。

《全集》第 4 卷第 456 页

六十八

我的怨敌可谓多矣，倘有新式的人问起我来，怎么回答呢？我想了一想，决定的是：让他们怨恨去，我也一个都不宽恕。

《全集》第 6 卷第 612 页

六十九

只有中庸的人，固然并无堕入地狱的危险，但也恐怕进不了天国的罢。

《全集》第 6 卷第 412 页

七十

要自己和别人，都纯洁聪明勇猛向上。要除去虚伪的脸谱。要除去世上害人害己的昏迷和强暴。

《全集》第 1 卷第 125 页

七十一

要除去于人生毫无意义的苦痛。要除去制造并赏玩别人苦痛的昏迷和强暴。

《全集》第1卷第125页

七十二

我不是木石，倘有人给我一拳，我有时也会还他一脚的。

《全集》第8卷第340页

七十三

被毁则报，被誉则默，正是人情之常。

《全集》第3卷第259页

七十四

血债必须用同物偿还。拖欠得愈久，就要付更大的利息！

《全集》第3卷第263页

七十五

节烈这事是：极难，极苦，不愿身受，然而不利自他，无益社会国家，于人生将来又毫无意义的行为，现在已经失了存在的生命和价值。

《全集》第1卷第124～125页

七十六

社会的公意，向来以为贞淫与否，全在女性。男子虽然诱惑了女人，却不负责任。

《全集》第1卷第123页

七十七

社会公意，不节烈的女人，既然是下品；他在这社会里，是容不住的。

社会上多数古人模模糊糊传下来的道理,实在无理可讲;能用历史和数目的力量,挤死不合意的人。这一类无主名无意识的杀人团里,古来不晓得死了多少人物;节烈的女子,也就死在这里。

《全集》第1卷第124页

七十八

丑态,我说,倒还没有什么丢人,丑态而蒙着公正的皮,这才催人呕吐。

《全集》第3卷第111页

七十九

苛求君子,宽纵小人,自以为明察秋毫,而实则反助小人张目。

《全集》第6卷第434页

八十

假使此后光明和黑暗还不能做彻底的战斗,老实人误将纵恶当作宽容,一味姑息下去,则现在似的混沌状态,是可以无穷无尽的。

《全集》第1卷第276页

八十一

喜欢暗夜的妖怪多,虽然能教暂时黯淡一点,光明却总要来。有如天亮,遮掩不住。想遮掩白费气力的。

《全集》第8卷第89页

八十二

蒙蔽是不能长久的。

《全集》第6卷第158页

八十三

人们遇到要支持自己的主张的时候，有时会用一枝粉笔去搪对手的脸，想把他弄成丑角模样，来衬托自己是正生。可那结果，却常常适得其反。

《全集》第 5 卷第 552 页

八十四

且夫天下之人，其实真发酒疯者，有几何哉，十之九是装出来的。但使人敢于装，或者也是酒的力量罢。然而世人之装醉发疯，大半又由于倚赖性，因为一切过失，可以归罪于醉，自己不负责任，所以虽醒而装起来。

《全集》第 11 卷第 445 页

八十五

捣鬼有术，也有效，然而有限，所以以此成大事者，古来无有。

《全集》第 4 卷第 617 页

八十六

预言运命者也未尝没有人，看相的，排八字的，到处都是。然而他们对于主顾，肯断定他穷到底的是很少的，即使有，大家的学说又不能相一致，甲说当穷，乙却说当富，这就使穷人不能确信他将来的一定的运命。

《全集》第 5 卷第 442 页

八十七

和尚喝酒养婆娘，他最不信天堂地狱。巫师对人见神见鬼，但神鬼是怎样的东西，他自己的心里是明白的。

《全集》第 8 卷第 224 页

八十八

钱这个字眼很难听，或者要被高尚的君子们所非笑，但我总觉得人们的议论是不但昨天和今天，即使饭前和饭后，也往往有些差别。凡承认饭需要钱买，而以说钱为卑鄙者，倘能按一按他的胃，那里面怕总还有鱼肉没有消化完，须得饿他一天之后，再来听他发议论。

《全集》第 1 卷第 160 页

八十九

只要有银钱在手里经过，即使并非檀越[1]的布施，人是也总爱逞逞威风的，要不然，他们也许要觉到自己的无聊，渺小。

《全集》第 3 卷第 349 页

九十

梦是好的；否则，钱是要紧的。

《全集》第 1 卷第 160 页

九十一

有钱不能就有文才，比“儿女成行”并不一定明白儿童的性质更明白。“儿女成行”只能证明他两口子的善于生，还会养，却并无妄谈儿童的权利。要谈，只不过不识羞。

《全集》第 5 卷第 430 页

九十二

就常理说，则赌博大概是小则败家，大则亡国。

《全集》第 5 卷第 240 页

---

① 梵文音译，意为施主。

九十三

道德这件事，必须普遍，人人应做，人人能行，又于自他两利，才有存在的价值。

《全集》第 1 卷第 119 页

九十四

人固然应该办“公”，然而总需大家都办，倘人们偷懒，而只有几个人拼命，未免太不“公”了，就该适可而止，可以省下的路少走几趟，可以不管的事少做几件，自己也是国民之一，应该爱惜的，谁也没有要求独独几个人应该做得劳苦而死的权利。

《全集》第 11 卷第 176 页

九十五

现在的社会，一夫一妻制最为合理，而多妻主义，实能使人群堕落。堕落近于退化，与继续生命的目的，恰恰完全相反。

《全集》第 1 卷第 139 页

九十六

我想，做事自然是应该做的，但不要拼命地做才好。

【鲁迅书信集 · 给许广平的信】

九十七

谣言家是极无耻而且巧妙的，一到事实证明了他的话是撒谎时，他就躲下，另外又来一批。

【南腔北调集 · 我们不再受骗了】

九十八

虽然这样想，却是那么说，在后台这么做，到前台可那么做。

【华盖集续编·马上支日记】

九十九

人生最苦痛的是梦醒了无路可以走。做梦的人是幸福的；倘没有看出可走的路，最要紧的是不要去惊醒他。

【坟·娜拉走后怎样】

一百

无论何国何人，大都承认“爱己”是一件应当的事。这便是保存生命的要义，也就是继续生命的根基。

【坟·我们现在怎样做父亲】

一零一

凡是不爱己的人，实在欠缺做父亲的资格。

【坟·我们现在怎样做父亲】

一零二

人们灭亡于英雄的特别的悲剧者少，消磨于极平常的，或者简直近于没有事情的悲剧者却多。

【且介亭杂文二集·几乎无事的悲剧】

一零三

诚然，必须敢于正视，这才可望敢想，敢说，敢作，敢当。

【坟·论睁了眼看】

一零四

最高的轻蔑是无言，而且连眼珠也不转过去。

【且介亭杂文末编·半夏小集】

一零五

伟大人格的素质，重要的是个诚字。

【伪自由书·颂萧】

一零六

凡活的而且在生长者，总有着希望的前途。

【华盖集·我观北大】

一零七

万事闭眼睛，聊以自欺，而且欺人，那方法是：瞒和骗。

【坟·论睁了眼看】

一零八

辱骂和恐吓决不是战斗。

【且介亭杂文·论“旧形式的采用”】

一零九

在中国，从道士听论道，从批评家听谈文，都令人毛孔痉挛，汗不敢出。

【而已集·文学和出汗】

一一零

在现今的世上，要有不偏不倚的公论，本来是一种梦想……

【华盖集续编·送灶日漫笔】

一一一

谁都要“面子”，当然也可以说是好事情，但“面子”这东西，却实在有些怪……要“面子”也可以说并不一定是好事情——但我并非说，人应该“不要脸”。

【且介亭杂文·说“面子”】

一一二

贪安稳就没有自由，要自由就总要历些危险。

【集外集拾遗·老调子已经唱完】

一一三

苟活者在淡红的血色中，会依稀看见微茫的希望；真的猛士，将更奋然而前行。

【华盖集续编·记念刘和珍君】

一一四

失掉了他信力，就会疑，一个转身，也许能够只相信了自己，倒是一条新生路。

【且介亭杂文·中国人失掉了自信力了吗】

一一五

人的言行，在白天和在深夜，在日下和在灯前，常常显得两样。

【准风月谈·夜颂】

文学鉴赏

世故三昧[①]

人世间真是难处的地方，说一个人“不通世故”，固然不是好话，但说他“深于世故”也不是好话。“世故”似乎也像“革命之不可不革，而亦不可太革”一样，不可不通，而亦不可太通的。

然而据我的经验，得到“深于世故”的恶谥者，却还是因为“不通世故”的缘故。

现在我假设以这样的话，来劝导青年人——

“如果你遇见社会上有不平事，万不可挺身而出，讲公道话，否则，事情倒会移到你头上来，甚至于会被指作反动分子的。如果你遇见有人被冤枉，被诬陷的，即使明知道他是好人，也万不可挺身而出，去给他解释或分辩，否则，你就会被人说是他的亲戚，或得了他的贿赂；倘使那是女人，就要被疑为她的情人的；如果他较有名，那便是党羽。例如我自己罢，给一个毫不相干的女士[②]做了一篇信札集的序，人们就说她是我的小姨；绍介一点科学的文艺理论，人们就说得了苏联的卢布。亲戚和金钱，在目下的中国，关系也真是大，事实给与了教训，人们看惯了，以为人人都脱不了这关系，原也无足深怪的。

“然而，有些人其实也并不真相信，只是说着玩玩，有趣有趣的。即

---

① 本篇最初发表于一九三三年十一月十五日《申报月刊》第二卷第十一号，署名洛文。

② 毫不相干的女士：指金淑姿。金为程鼎兴之亡妻，一九三二年程为金刊行遗信集，托人请作者作序。此序后编入《集外集》，题为《〈淑姿的信〉序》。

使有人为了谣言，弄得凌迟碎剐，像明末的郑鄤[1]那样了，和自己也并不相干，总不如有趣的紧要。这时你如果去辨正，那就是使大家扫兴，结果还是你自己倒楣。我也有一个经验。那是十多年前，我在教育部里做"官僚"[2]，常听得同事说，某女学校的学生，是可以叫出来嫖的[3]，连机关的地址门牌，也说得明明白白。有一回我偶然走过这条街，一个人对于坏事情，是记性好一点的，我记起来了，便留心着那门牌，但这一号，却是一块小空地，有一口大井，一间很破烂的小屋，是几个山东人住着卖水的地方，决计做不了别用。待到他们又在谈着这事的时候，我便说出我的所见来，而不料大家竟笑容尽敛，不欢而散了，此后不和我谈天者两三月。我事后才悟到打断了他们的兴致，是不应该的。

"所以，你最好是莫问是非曲直，一味附和着大家；但更好是不开口；而在更好之上的是连脸上也不显出心里的是非的模样来……"

这是处世法的精义，只要黄河不流到脚下，炸弹不落在身边，可以保管一世没有挫折的。但我恐怕青年人未必以我的话为然；便是中年，老年人，也许要以为我是在教坏了他们的子弟。呜呼，那么，一片苦心，竟是白费了。

然而倘说中国现在正如唐虞盛世，却又未免是"世故"之谈。耳闻目睹的不算，单是看看报章，也就可以知道社会上有多少不平，人们有多少冤抑。但对于这些事，除了有时或有同业，同乡，同族的人们来说几句呼吁的话之外，利害无关的人的义愤的声音，我们是很少听到的。这很分明，是大家不开口；或者以为和自己不相干；或者连"以为和自己不相干"

---

① 郑鄤：明代天启年间进士，今江苏常州人。崇祯时大学士温体仁诬告他不孝杖母，遂被凌迟处死。

② "官僚"：此为陈西滢攻击作者之语。

③ 此为一九二五年女师大风潮中，陈西滢诬蔑女师大学生语。随后至一九二六年初，北京《晨报副刊》、《语丝》等刊物上尚不断载有谈论此事的文章。

的意思也全没有。“世故”深到不自觉其“深于世故”，这才真是“深于世故”的了。这是中国处世法的精义中的精义。

而且，对于看了我的劝导青年人的话，心以为非的人物，我还有十下反攻在这里。他是以我为狡猾的。但是，我的话里，一面固然显示着我的狡猾，而且无能，但一面也显示着社会的黑暗。他单责个人，正是最稳妥的办法，倘使兼责社会，可就得站出去战斗了。责人的“深于世故”而避开了“世”不谈，这是更“深于世故”的玩艺，倘若自己不觉得，那就更深更深了，离三昧[①]境盖不远矣。

不过凡事一说，即落言筌[②]，不再能得三昧。说“世故三昧”者，即非“世故三昧”。三昧真谛，在行而不言；我现在一说“行而不言”，却又失了真谛，离三昧境盖益远矣。

一切善知识[③]，心知其意可也，唵[④]！

十月十三日

（选自《南腔北调集》）

---

① 三昧：原为佛家语，指一种修身的方法；后也泛指事物的诀窍或精要。

② 言筌：此语化自《庄子·外物》中语：“荃（筌）者所以在鱼，将鱼而忘荃；……言者所以应意，得意而忘言。”

③ 善知识：佛家用语，据《法华文句》解释：“闻名为知，见形为识，是人益我菩提之道，名善知识。”菩提意即觉悟。

④ 唵：梵语 Om 的音译，用作佛经咒语的发声词。

第五章　鲁迅箴言之人性与人生

一

某一种人，一定只有这某一种人的思想和眼光，不能越出他本阶级之外。说起来，好像又在提倡什么犯讳的阶级了，然而事实是如此的。

——《全集》第 4 卷第 543 页

二

伟大人格的素质，重要的是个诚字。

《全集》第 5 卷第 35 页

三

有一流人之所谓伟大与渺小，是指他可给自己利用的效果的大小而言。

《全集》第 3 卷第 256～257 页

四

待到伟大的人物成为化石，人们都称他伟大时，他已经变了傀儡了。

《全集》第 3 卷第 256 页

五

英雄的血，始终是无味的国土里的人生的盐，而且大抵是给闲人们作生活的盐，这倒实在是很可诧异的。

《全集》第 7 卷第 304 页

六

真的猛士，敢于直面惨淡的人生，敢于正视淋漓的鲜血。

《全集》第 3 卷第 274 页

七

勇者愤怒，抽刃向更强者；怯者愤怒，却抽刃向更弱者。

《全集》第 3 卷第 49 页

八

听说刚勇的拳师，决不再打那已经倒地的敌手，这实足使我们奉为楷模。

《全集》第 1 卷第 271 页

九

中国经了许多战士的精神和血肉的培养，却的确长出了一点先前所没有的幸福的花果来，也还有逐渐生长的希望。

《全集》第 3 卷第 410 页

十

那切切实实，足踏在地上，为着现在中国人的生存而流血奋斗者，我得引为同志，是自以为光荣的。

《全集》第 6 卷第 589 页

十一

战士的日常生活，是并不全可歌可泣的，然而又无不和可歌可泣之部相关联，这才是实际上的战士。

《全集》第 6 卷第 603 页

十二

无泪的人无论何时，都不愿意爱人下泪，并且连血也不要：他拒绝一切为他的哭泣和灭亡。

《全集》第 3 卷第 48 页

十三

人被杀于万众聚观之中，比被杀在“人不知鬼不觉”的地方快活，因为他可以妄想，博得观众中的或人的眼泪。但是，无泪的人无论被杀在什么所在，于他并无不同。

《全集》第 3 卷第 48 页

十四

杀了无泪的人，一定连血也不见。爱人不觉他被杀之惨，仇人也终于得不到杀他之乐：这是他的报恩和复仇。

《全集》第 3 卷第 48 页

十五

战士战死了的时候，苍蝇们所首先发见的是他的缺点和伤痕，嘬着，营营地叫着，以为得意，以为比死了的战士更英雄。但是战士已经战死了，不再来挥去他们。于是乎苍蝇们即更其营营地叫，自以为倒是不朽的声音，因为它们的完全，远在战士之上。

的确的，谁也没有发见过苍蝇们的缺点和创伤。

《全集》第 3 卷第 39 页

十六

所谓“雅人”，原不是一天雅到晚的，即使睡的是珠罗帐，吃的是香稻米，但那根本的睡觉和吃饭，和俗人究竟也没有什么大不同；就是肚子里盘算些挣钱固位之法，自然也不能绝无其事。但他的出众之处，是在有时又忽然能够“雅”。

《全集》第 6 卷第 205 页

十七

浊世少见“雅人”，少有“韵事”。但是，没有浊到底的时候，雅人却也并非全没有，不过因为“伤雅”的人们多，也累得他们“雅”不彻底了。

《全集》第 6 卷第 204 页

十八

优良的人物，有时候是要靠别种人来比较，衬托的，例如上等与下等，好与坏，雅与俗，小器与大度之类，没有别人，即无以显出这一面之优，所谓“相反而实相成”者，就是这。

《全集》第 6 卷第 204 页

十九

我们应该分别名人之所以名，是由于那一门，而对于他的专门以外的纵淡，却加以警戒。

《全集》第 6 卷第 364 页

二十

我们是应该将“名人的话”和“名言”分开来的，名人的话并不都是名言；许多名言，倒出自田夫野老之口。

《全集》第 6 卷第 364 页

二十一

博识家的话多浅，意义自明，惟专门家的话多悖的事，还得加一点申说。他们的悖，未必悖在讲述他们的专门，是悖在倚专家之名，来论他所专门以外的事。

《全集》第 6 卷第 362 页

二十二

社会上崇敬名人，于是以为名人的话就是名言，却忘记了他之所以得名是那一种学问或事业。名人推崇所诱惑，也忘记了自己之所以得名是那一种学问或事业，渐以为一切无不胜人，无所不谈，于是乎就悖起来了。

《全集》第 6 卷第 362 页

二十三

文人还是人，既然还是人，他心里就仍然有是非，有爱憎；但又因为是文人，他的是非就愈分明，爱憎也愈热烈。

《全集》第 6 卷第 335 页

二十四

文人不应该随和；而且文人也不会随和，会随和的，只有和事老。但这不随和，却又并非回避，只是唱着所是，颂着所爱，而不管所非和所憎；他得像热烈地主张所事一样，热烈地攻击着所非，像热烈地拥抱着所爱一样，更热烈地拥抱着所憎。

《全集》第 6 卷第 336 页

二十五

文人的遭殃，不在生前的被攻击和被冷落，一瞑之后，言行两亡，于是无聊之徒，谬托之己，是非蜂起，既以自衒，又以卖钱，连死尸也成了他们沽名获利之具，这倒是值得悲哀的。

《全集》第 6 卷第 68 页

二十六

真的知识阶级是不顾利害的，如想到种种利害，就是假的，冒充的知识阶级；只是假知识阶级的寿命倒比较一点点。

《全集》第 8 卷第 190 页

二十七

菲薄古书者，惟读过古书者最有力，这是的确的。因为他洞知弊病，能“以子之矛攻子之盾”，正如要说明吸鸦片的弊害，大概惟吸过鸦片者最为深知，最为痛切一般。

《全集》第 3 卷第 214 页

二十八

古来就这样，所谓读书人，对于后起者却反而专用彰明较著的或改头换面的禁锢。

《全集》第 3 卷第 144 页

二十九

我看中国有许多智识分子，嘴里用各种学说和道理，来粉饰自己的行为，其实却只顾自己一个的便利和舒服，凡有被他遇见的，都用作生活的材料，一路吃过去，像白蚁一样，而遗留下来的，却总是一条排泄的粪。社会上这样的东西一多，社会是要糟的。

《全集》第 13 卷第 116 页

三十

我以为既是学者或教授，年龄至少和学生差十年，不但饭菜多吃了万来碗了，就是每天认一个字，也就要比学生多识三千六百个，比较的高明，是应该的，在考卷里发见几个错字，“大可不必”飘飘然生优越之感，好像得了什么宝贝一样。

《全集》第 6 卷第 230～231 页

三十一

以学者或诗人的招牌，来批评或介绍一个作者，开初是很能够蒙混旁人的，但待到旁人看清了这作者的真相的时候，却只剩了他自己的不诚恳，或学识的不够了。然而如果没有旁人来指明真相呢，这作家就从此被捧杀，不知道要多少年后才翻身。

《全集》第 5 卷第 586 页

三十二

我想，中国最不值钱的是工人的体力了，其次是咱们的所谓文章，只有伶俐最值钱。倘真要直直落落，借文字谋生，则据我的经验，卖来卖去，来回至少一个月，多则一年余，待款子寄到时，作者不但已经饿死，倘在夏天，连筋肉也都烂尽了，那里还有吃饭的肚子。

《全集》第 3 卷第 150 页

三十三

大众并不如读书人所想象的愚蠢。

《全集》第 6 卷第 101 页

三十四

惟有民魂是值得宝贵的，惟有他发扬起来，中国才有真进步。

《全集》第 3 卷第 208 页

三十五

当上司对于下属解释的时候，你做下属的切不可误解这是在征求你的同意，因为即使你绝对的不同意，他还是干他的。

《全集》第 5 卷第 287 页

三十六

自然，“喜怒哀乐，人之情也”，然而穷人决无开交易所折本的懊恼，煤油大王哪会知道北京捡煤渣老婆子身受的酸辛，饥区的灾民，大约总不去种兰花，像阔人的老太爷一样，贾府上的焦大，也不爱林妹妹的。

《全集》第 4 卷第 204 页

三十七

曾经阔气的要复古，正在阔气的要保持现状，未曾阔气的要革新。

《全集》第 3 卷第 531 页

三十八

阔的聪明人种种譬如昨日死。

不阔的傻子种种实在昨日死。

《全集》第 3 卷第 531 页

三十九

阔人决不是笨牛，否则，他早已伏处牖下，老死田间了。

《全集》第 3 卷第 128 页

四十

有好茶喝，会喝好茶，是一种“清福”。不过要享这“清福”，首先就须有工夫，其次是练习出来的特别的感觉。由这一极琐屑的经验，我想，假使是一个使用筋力的工人，在喉干欲裂的时候，那么，即使给他龙井芽茶，珠兰窨片，恐怕他喝起来也未必觉得和热水有什么大区别罢。

《全集》第 5 卷第 313 页

四十一

世界上有两种人：压迫者和被压迫者。

《全集》第 4 卷第 460 页

四十二

被压迫者对于压迫者，不是奴隶，就是敌人，决不能成为朋友，所以彼此的道德，并不相同。

《全集》第 6 卷第 451 页

四十三

平民总未必会舍命改革以后，倒给上等人安排鱼翅席，是显而易见的，因为上等人从来就没有给他们安排过杂合面。

《全集》第 7 卷第 305 页

四十四

帝国主义和我们，除了它的奴才之外，那一样利害不和我们正相反？我们的痈疽，是它们的宝贝，那么，它们的敌人，当然是我们的朋友了。

《全集》第 4 卷第 430 页

四十五

同时开了风扇，吃着冰淇淋，不但和“水位大涨”“旱象已成”之处毫不相干，就是和窗外流着油汗，整天在挣扎过活的人们的地方，也完全是两个世界。

《全集》第 5 卷第 512 页

四十六

被压迫者即使没有报复的毒心，也决无被报复的恐惧，只有明明暗暗，吸血吃肉的凶手或其帮闲们，这才赠人以“犯而勿校”或“勿念旧恶”的格言。

《全集》第 6 卷第 619 页

四十七

袁世凯在辛亥革命之后，大杀党人，从袁世凯那方面看来，是一点没有杀错的，因为他正是一个假革命的反革命者。

错的是革命者受了骗，以为他真是一个筋斗，从北洋大臣变了革命家了，于是引为同调，流了大家的血，将他浮上总统的宝位去。

《全集》第 5 卷第 94 页

四十八

敌人是不足惧的，最可怕的是自己营垒里的蛀虫，许多事都败在他们手里。

《全集》第 12 卷第 584 页

四十九

敌人不足惧，最令人寒心而且灰心的，是友军中的从背后来的暗箭；受伤之后，同营垒中的快意的笑脸。因此，倘受了伤，就得躲入深林，自己舐干，扎好，给谁也不知道。我以为这境遇，是可怕的。

《全集》第 13 卷第 116 页

五十

倘有同一营垒中人，化了装从背后给我一刀，则我的对于他的憎恶和鄙视，是在明显的敌人之上的。

《全集》第 6 卷第 148 页

五十一

我其实还敢站在前线上，但发见当面称为“同道”的暗中将我作傀儡或从背后枪击我，却比被敌人所伤更其悲哀。

《全集》第 11 卷第 195 页

五十二

因为一个人受了难，或者遭了冤，所谓先前的朋友，一声不响的固然有，连赶紧来投几块石子，借此表明自己是属于胜利者一方面的，也并不算怎么希罕。

《全集》第 6 卷第 495 页

五十三

做主子时以一切别人为奴才，则有了主子，一定以奴才自命：这是天经地义，无可动摇的。

《全集》第 4 卷第 542 页

五十四

每一个破衣服人走过，叭儿狗就叫起来，其实并非都是狗主人的意旨或使嗾。

叭儿狗往往比它的主人更严厉。

《全集》第 3 卷第 531～532 页

五十五

凡走狗，虽或为一个资本家所豢养，其实是属于所有的资本家的，所以它遇见所有的阔人都驯良，遇见所有的穷人都狂吠。

《全集》第 4 卷第 246 页

五十六

倘是咬人之狗，我觉得都在可打之列，无论它在岸上或在水中。

《全集》第 1 卷第 271 页

五十七

奴才做了主人，是决不肯废去“老爷”的称呼的，他的摆架子，恐怕比他的主人还十足，还可笑。

《全集》第 4 卷第 302 页

五十八

就是为了一点点犒赏，不但安于做奴才，而且还要做更广泛的奴才，还得出钱去买做奴才的权利，这是堕民以外的自由人所万想不到的罢。

《全集》第 5 卷第 217 页

五十九

古埃及的奴隶们，有时也会冷然一笑。这是蔑视一切的笑。不懂得这笑的意义者，只有主子和自安于奴才生活，而劳作较少，并且失了悲愤的奴才。

《全集》第 5 卷第 440 页

六十

专制者的反面就是奴才，有权时无所不为，失势时即奴性十足。

《全集》第 4 卷第 542 页

六十一

殖民政策是一定保护，养育流氓的。从帝国主义的眼睛看来，惟有他们是最要紧的奴才，有用的鹰犬，能尽殖民地人民非尽不可的任务：一面靠着帝国主义的暴力，一面利用本国的传统之力，以除去“害群之马”，不安本分的“莠民”。所以，这流氓，是殖民地上的洋大人的宠儿——不，宠犬，其地位虽在主人之下，但总在别的被统治者之上的。

《全集》第 4 卷第 311 页

六十二

跳蚤的来吮血，虽然可恶，而一声不响地就是一口，何等直截爽快。蚊子便不然了，一针叮进皮肤，自然还可以算得有点彻底的，但当未叮之前，要哼哼地发一篇大议论，却使人觉得讨厌。

……

苍蝇嗡嗡地闹了大半天，停下来也不过舐一点油汗，倘有伤痕或疮疖，自然更占一些便宜；无论怎么好的，美的，干净的东西，又总喜欢一律拉上一点蝇矢。但因为只舐一点油汗，只添一点腌臜在麻木的人们还没有切肤之痛，所以也就将它放过了。中国人还不很知道它能够传播病菌，捕蝇运动大概不见得兴盛。它们的运命是长久的；还要更繁殖。

但它在好的，美的，干净的东西上拉了蝇矢之后，似乎还不至于欣欣然反过来嘲笑这东西的不洁：总要算还有一点道德的。

古今君子，每以禽兽斥人，殊不知便是昆虫，值得师法的地方也多着哪。

《全集》第 3 卷第 40～41 页

六十三

鹰的捕雀，不声不响的是鹰，吱吱叫喊的是雀；猫的捕鼠，不声不响的是猫，吱吱叫喊的是老鼠；结果，还是只令开口的被不开口的吃掉。

《全集》第 3 卷第 417 页。

六十四

蜜蜂的刺，一用即丧失了它自己的生命；犬儒的刺，一用则苟延了他自己的生命。

他们就是如此不同。

《全集》第 3 卷第 530 页

六十五

人多是“生命之川”之中的一滴，承着过去，向着未来，倘不是真的特出到异乎寻常的，便都不免并含着向前和反顾。

《全集》第 7 卷第 308 页

六十六

人在天性上不能没有憎，而这憎，又或根于更广大的爱。

《全集》第 10 卷第 176 页

六十七

无情未必真豪杰，怜子如何不丈夫。

《全集》第 7 卷第 439 页

六十八

人间世事，恨和尚往往就恨袈裟。

《全集》第 5 卷第 473 页

六十九

凡事无论大小，只要和自己有些相干，便不免格外警觉。

《全集》第 3 卷第 75 页

七十

只要是地位，尤其是利害一不同，则两国之间不消说，就是同国的人们之间，也不容易互相了解的。

《全集》第 6 卷第 266 页

七十一

安全之度增多了,奴性也跟着加足。

【三闲集·流氓的变迁】

七十二

一个人的言行,总有一部分愿意别人知道,或者不妨给别人知道,但有一部分却不然。然而一个人的脾气,又偏爱知道别人不肯给人知道的一部分,于是尸牍就有了出路。这并非等于窥探门缝,意在发人的阴私,实在是因为要知道这人的全般,就是从不经意处,看出这人——社会的一分子的真实。

《全集》第 6 卷第 414 页

七十三

个人的生命是宝贵的,但一代的真理更可宝贵。

【且介亭杂文·附记】

七十四

人也决不会“不属于任何一面”,一做事,要看出来的。如果真的不属于任何一面,那么,他是一个怪人,或是一个滑人……

《全集》第 13 卷第 381 页

七十五

从生活窘迫过来的人,一到了有钱,容易变成两种情形:一种是理想世界,替处同一境遇的人着想,便成为人道主义;一种是什么都是自己挣起来,从前的遭遇,使他觉得什么都是冷酷,便流为个人主义。

《全集》第 7 卷第 115 页

七十六

凡有富于感激的人，即容易受别人的牵连，不能超然独往。

《全集》第 11 卷第 442 页

七十七

人就苦于不能将自己的灵魂砍成酱，因此能有记忆，也因此而有感慨或滑稽。

《全集》第 3 卷第 221 页

七十八

人若一经走出麻木境界，便即增加苦痛，而且无法可想……

《全集》第 11 卷第 26 页

七十九

久受压制的人们，被压制时只能忍苦，幸而解放了便只知道作乐，悲壮剧是不能久留在记忆里的。

《全集》第 3 卷第 409 页

八十

一个人如果一生没有遇到横祸，大家决不另眼相看，但若做过牢监，到过战场，则即使他是一个万分平凡的人，人们也总看得特别一点。

《全集》第 11 卷第 4 页

八十一

凡是人的灵魂的伟大的审问者，同时也一定是伟大的犯人。审问者在堂上举劾着他的恶，犯人在阶下陈述他自己的善；审问者在灵魂中揭发污秽，犯人在所揭发的污秽中阐明那埋藏的光耀。这样，就显示出灵魂的深。

《全集》第 7 卷第 104 页

八十二

凡自以为识路者，总过了“而立”之年，灰色可掬了，老态可掬了，圆稳而已，自己却误以为识路。

《全集》第 3 卷第 550 页

八十三

倘要完全的书，天下可读的书怕要绝无，倘要完全的人，天下配活的人也就有限。

《译文集》第 3 卷第 290 页

八十四

人的眼界之狭是不大有药可救的。

《全集》第 3 卷第 198 页

八十五

孩子是要别人教的，毛病是要别人医的，即使自己是教员或医生。但做人处世的法子，却恐怕要自己斟酌，许多别人开来的良方，往往不过是废纸。

《全集》第 5 卷第 539 页

八十六

生命的路是进步的，总是沿着无限的精神三角形的斜面向上走，什么都阻止他不得。

《全集》第 1 卷第 368 页

八十七

人类总不会寂寞，因为生命是进步的，是乐天的。

《全集》第 1 卷第 368 页

八十八

自然赋予人们的不调和还很多，人们自己萎缩堕落退步的也还很多，然而生命决不因此回头。无论什么黑暗来防范思潮，什么悲惨来袭击社会，什么罪恶来亵渎人道，人类的渴仰完全的潜力，总是踏了这些铁蒺藜向前进的。

《全集》第 1 卷第 368 页

八十九

世界虽然不小，但彷徨的人种，是终竟寻不出位置的。

《全集》第 1 卷第 345 页

九十

老的让开道，催促着，奖励着，让他们走去。路上有深渊，便用那个死填平了，让他们走去。

少的感谢他们填了深渊，给自己走去；老的也感谢他们从我填平的渊上走去。——远了远了。

《全集》第 1 卷第 339 页

九十一

希望是附丽于存在的，有存在，便有希望，有希望，便是光明。如果历史家的话不是诳话，则世界上的事物可还没有因为黑暗而长存的先例。黑暗只能附丽于渐就灭亡的事物，一灭亡，黑暗也就一同灭亡了，它不永久。然而将来是永远要有的，并且总要光明起来；只要不做黑暗的附着物，为光明而灭亡，则我们一定有悠久的将来，而且一定是光明的将来。

《全集》第 3 卷第 359 页

九十二

凡活的而且在生长者，总有着希望的前途。

《全集》第 3 卷第 158 页

九十三

石在，火种是不会绝的。

《全集》第 6 卷第 435 页

九十四

希望是本无所谓有，无所谓无的。这正如地上的路，其实地上本没有路，走的人多了，也便成了路。

《全集》第 1 卷第 485 页

九十五

什么是路？就是从没路的地方践踏出来的，从只有荆棘的地方开辟出来的。

《全集》第 1 卷第 368 页

九十六

以前早有路了，以后也该永远有路。

《全集》第 1 卷第 368 页

九十七

要之，倘若先前并无可以师法的东西，就只好自己来开创。

《全集》第 7 卷第 183～184 页

九十八

站在歧路上是几乎难于举足，站在十字路口，是可走的道路很多。

《全集》第 3 卷第 51 页

九十九

苦痛是总与人生联带的，但也有离开的时候，就是当熟睡之际。

《全集》第 11 卷第 15 页

一百

人生最苦痛的是梦醒了无路可走。做梦的人是幸福的；倘没有看出可走的路，最要紧的是不要去惊醒他。

《全集》第 1 卷第 159 页

一零一

人生现在实在苦痛，但我们总要战取光明，即使自己遇不到，也可以留给后来的。我们这样的活下去罢。

《全集》第 13 卷第 337 页

一零二

我自己对于苦闷的办法，是专于袭来的苦痛捣乱，将无赖手段当作胜利，硬唱凯歌，算是乐趣，这或者就是糖罢。

《全集》第 11 卷第 16 页

一零三

就许有若干人要沉默，沉默而苦痛，然而新的生命就会在这苦痛的沉默里萌芽。

《全集》第 3 卷第 95 页

一零四

沉默啊，沉默啊！不在沉默中爆发，就在沉默中灭亡。

《全集》第 3 卷第 275 页

一零五

正当苦痛，即说不出苦痛来，佛说极苦地狱中的鬼魂，也反而并无叫唤！

《全集》第 3 卷第 68 页

一零六

我们听到呻吟，叹息，哭泣，哀求，无须吃惊。见了酷烈的沉默，就应该留心了；见有什么像毒蛇似的在尸林中蜿蜒，怨鬼似的在黑暗中奔驰，就更应该留心了：这在豫告"真的愤怒"，将要到来。

《全集》第 3 卷第 50 页

一零七

世上如果还有真要活下去的人们，就先该敢说，敢笑，敢哭，敢怒，敢骂，敢打，在这可诅咒的地方击退了可诅咒的时代！

《全集》第 3 卷第 43 页

一零八

必须敢于正视，这才可望敢想，敢说，敢做，敢当。倘使并正视而不敢，此外还能成什么气候。

《全集》第 1 卷第 237 页

一零九

我自己，是什么也不怕的，生命是我自己的东西，所以我不妨大步走去，向着我自以为可以走去的路；即使前面是深渊，荆棘，狭谷，火坑，都由我自己负责。

《全集》第3卷第51页

一一零

要战斗下去，无论它对面是什么。

《全集》第13卷第225页

一一一

危险的临头虽然可怕，但别的运命说不定，“人生必死”的运命却无法逃避，所以危险也仿佛用不着害怕似的。

《全集》第8卷第193页

一一二

第一次吃螃蟹的人是很可佩服的，不是勇士谁敢去吃它呢？

《全集》第7卷第388页

一一三

意图生存，而太卑怯，结果就得死亡。

《全集》第3卷第52页

一一四

卑怯的人，即使有万丈的愤火，除弱草外，又能烧掉甚么呢？

《全集》第1卷第225页

一一五

即使艰难，也还要做，愈艰难，就愈要做。

《全集》第6卷第115页

一一六

浊浪在拍岸，站在山冈上者和飞沫不相干，弄潮儿则于涛头且不在意，惟有衣履尚整，徘徊海滨的人，一溅水花，便觉得有所沾湿，狼狈起来。

《全集》第 4 卷第 149 页

一一七

人能组织，能反抗，能为奴，也能为主，不肯努力，固然可以永沦为舆台[①]，自由解放，便能够获得彼此的平等，那运命是并不一定终于送进厨房，做成大菜的。

《全集》第 5 卷第 490 页

一一八

想在现今的世界上，协同生长，挣一地位，即须有相当的进步的智识，道德，品格，思想，才能够站得住脚：这事极须劳力费心。

《全集》第 1 卷第 307 页

一一九

种牡丹者得花，种蒺藜者得刺……

《全集》第 3 卷第 455 页

一二零

删夷枝叶的人，决定得不到花果。

《全集》第 6 卷第 601 页

---

① 是古代奴隶中两个等级的名称，后泛指被奴役的人。

一二一

我之所谓生存，并不是苟活；所谓温饱，并不是奢侈；所谓发展，也不是放纵。

《全集》第 3 卷第 52 页

一二二

恋爱成功的时候，一个爱人死掉了，只能给生存的那一个以悲哀。然而革命成功的时候，革命家死掉了，却能每年给生存的大家以热闹，甚而至于欢欣鼓舞。惟独革命家，无论他生或死，都能给大家以幸福。

《全集》第 3 卷第 410 页

一二三

假使我的血肉该喂动物，我情愿喂狮虎鹰隼，却一点也不给癞皮狗吃。

《全集》第 6 卷第 597 页

一二四

生命不怕死，在死的面前笑着跳着，跨过了灭亡的人们向前进。

《全集》第 1 卷第 368 页

一二五

想到人类的灭亡是一件大寂寞大悲哀的事；然而若干人们的灭亡，却并非寂寞悲哀的事。

《全集》第 1 卷第 368 页

一二六

我们不能因为“也许灭亡”就不做，正如我们知道人的本身一定要死，却还要吃饭也。

《全集》第 13 卷第 163 页

一二七

死者倘不埋在活人的心中，那就真真死掉了。

《全集》第 3 卷第 280 页

一二八

并非吝惜生命，乃是不肯虚掷生命，因为战士的生命是宝贵的。……以血的洪流淹死一个敌人，以同胞的尸体填满一个缺陷，已经是陈腐的活了。

《全集》第 3 卷第 281 页

一二九

死于敌手的锋刃，不足悲苦；死于不知何来的暗器，却是悲苦。但最悲苦的是死于慈母或爱人误进的毒药，战友乱发的流弹，病菌的并无恶意的侵入，不是我自己制定的死刑。

《全集》第 3 卷第 48～49 页

一三零

会觉得死尸的沉重，不愿抱持的民族里，先烈的“死”是后人的“生”的唯一的灵药，但倘在不再觉得沉重的民族里，却不过是压得一同沦灭的东西。

《全集》第 3 卷第 267 页

一三一

暗暗的死，在一个人是极其惨苦的事。

《全集》第 6 卷第 501 页

一三二

自杀是卑怯的行为，鬼魂报仇更不合于科学。

《全集》第 6 卷第 617 页

一三三

要自杀的人，也会怕大海的汪洋，怕夏天死尸的易烂。但遇到澄静的清池，凉爽的秋夜，他往往也自杀了。

《全集》第 3 卷第 532～533 页

一三四

责别人的自杀者，一面责人，一面正也应该向驱人于自杀之途的环境挑战，进攻。倘使对于黑暗的主力，不置一辞，不发一矢，而但向"弱者"唠叨不已，则纵使他如何义形于色，我也不能不说——我真忍不住了——他其实乃是杀人的帮凶而已。

《全集》第 5 卷第 482 页

一三五

即使是孔夫子，缺点总也有的，在平时谁也不理会，因为圣人也是人，本是可以原谅的。

【且介亭杂文二集 · 在现代中国的孔夫子】

一三六

为了一点点犒赏，不但安于做奴才，而且还要做更广泛的奴才，还得出钱去买做奴才的权利，这是堕民以外的自由人所万想不到的罢。

【准风月谈 · 我谈"堕民"】

一三七

歌颂“淘汰”别人的人也应该先行自省，看可有怎样不灭的东西在里面，否则，即使不肯自杀，似乎至少也得自己打几个嘴巴。

【华盖集·并非闲话】

一三八

中国人向来就没有争到过“人”的价格，至多不过是奴隶。

【坟·灯下漫笔】

一三九

不会了解，不会同情，不会感应；甚至彼我间的是非爱憎，也免不了得到一个相反的结果。

【热风·随感录五十九·“圣武”】

一四零

我即使老，即使死，却决不会将地球带进棺材里去，它还年青，它还存在，希望正在将来。

【南腔北调集·答杨邨人先生公开信的公开信】

一四一

坐着而等待平安，等待前进，那自然是很好的，但可虑的是老死而所等待的却终于不至。

【华盖集·这个与那个】

一四二

人生却不在拼凑，而在创造，几千百万的活人在创造。

【准风月谈·难得糊涂】

一四三

我不愿彷徨于明暗之间，我不如在黑暗里沉没。只有我被黑暗沉没，那世界全属于我自己。

【野草·影的告别】

一四四

叛逆的猛士出于人间；他屹立着，洞见一切已改和现有的废墟和荒坟，记得一切深广和久远的苦痛，正视一切重叠淤积的凝血，深知一切已死，方生，将生和未生。

【野草·淡淡的血痕中】

一四五

人会没有声音的么？没有，可以说：是死了。倘要说得客气一点，那就是：已经哑了。

【三闲集·无声的中国】

一四六

人类总有一种理想，一种希望。虽然高下不同，必须有个意义。自他两利固好，至少也得有益本身。

【坟·我之节烈观】

一四七

文明人和野蛮人的分别，其一，是文明人有文字，能够把他们的思想，感情，藉此传给大众，传给将来。

【三闲集·无声的中国】

文学鉴赏

聪明人和傻子和奴才①

奴才总不过是寻人诉苦。只要这样，也只能这样。有一日，他遇到一个聪明人。

“先生！”他悲哀地说，眼泪联成一线，就从眼角上直流下来，“你知道的。我所过的简直不是人的生活。吃的是一天未必有一餐，这一餐又不过是高粱皮，连猪狗都不要吃的，尚且只有一小碗……”

“这实在令人同情。”聪明人也惨然说。

“可不是么！”他高兴了，“可是做工是昼夜无休息的：清早担水晚烧饭，上午跑街夜磨面，晴洗衣裳雨张伞，冬烧汽炉夏打扇。半夜要煨银耳，侍候主人耍钱；头钱②从来没分，有时还挨皮鞭……”

“唉唉……”聪明人叹息着，眼圈有些发红，似乎要下泪。

“先生！我这样是敷衍不下去的。我总得另外想法子。可是什么法子呢？……”

“我想，你，总会好起来……”

“是么？但愿如此。可是我对先生诉了冤苦，又得你的同情和慰安，已经舒坦得不少了。可见天理没有灭绝……”

但是，不几日，他又不平起来了，仍然寻人去诉苦。

---

① 本篇最初发表于一九二六年一月四日《语丝》周刊第六十期。

② 头钱：亦称“抽头”，指旧时提供赌博场所的人向参与赌博者抽取一定数量的钱，有时侍候赌博的下人也能从中分得一部分。

“先生！”他流着眼泪说，“你知道的。我住的简直比猪窠还不如。主人并不将我当人；他对他的叭儿狗还要好到几万倍……”

“混账！”那人大叫起来，使他吃惊了。那人是一个傻子。

“先生，我住的只是一间破小屋，又湿，又阴，满是臭虫，睡下去就咬得真可以。秽气冲着鼻子，四面又没有一个窗……”

“你不会要你的主人开一个窗的么？”

“这怎么行？……”

“那么，你带我去看去！”

傻子跟奴才到他屋外，动手就砸那泥墙。

“先生！你干什么？”他大惊地说。

“我给你打开一个窗洞来。”

“这不行！主人要骂的！”

“管他呢！”他仍然砸。

“人来呀！强盗在毁咱们的屋子了！快来呀！迟一点可要打出窟窿来了！……”他哭嚷着，在地上团团地打滚。

一群奴才都出来了，将傻子赶走。

听到了喊声，慢慢地最后出来的是主人。

“有强盗要来毁咱们的屋子，我首先叫喊起来，大家一同把他赶走了。”他恭敬而得胜地说。

“你不错。”主人这样夸奖他。

这一天就来了许多慰问的人，聪明人也在内。

“先生。这回因为我有功，主人夸奖了我了。你先前说我总会好起来，实在是有先见之明……”他大有希望似的高兴地说。

“可不是么……”聪明人也代为高兴似的回答他。

一九二五年十二月二十六日

第六章 鲁迅箴言之改革

一

人固然应该生存，但为的是进化；也不妨受苦，但为的是解除将来的一切苦；更应该战斗，但为的是改革。

《全集》第5卷第48页

二

无论如何，不革新，是生存也为难的，而况保古。

《全集》第3卷第45页

三

不能革新的人种，也不能保古的。

《全集》第3卷第43页

四

长城久成废物，弱水也似乎不过是理想上的东西。老大的国民尽钻在僵硬的传统里，不肯变革，衰朽到毫无精力了，还要自相残杀。于是外面的生力军很容易地进来了，真是"匪今斯今，振古如兹"①。

《全集》第3卷第44页

① 语见《诗经·周颂·载芟》。是指不但现在，古来如此。

五

人于现状，总该有点不平，反抗，改良的意思。

《全集》第 11 卷第 90 页

六

维持现状说是任何时候都有的，赞成者也不会少，然而在任何时候都没有效，因为在实际上决定做不到。

《全集》第 6 卷第 282 页

七

维持现状说听去好像很稳健，但实际上却是行不通的，史实在不断的证明着它只是一种“并无其事”：仅在这一些。

《全集》第 6 卷第 283 页

八

回复故道的事是没有的，一定有迁移；维持现状的事也是没有的，一定有改变。有百利而无一弊的事也是没有的，只可权大小。

《全集》第 6 卷第 283 页

九

凡老的，旧的，都已经完了！这也应该如此。

《全集》第 7 卷第 307 页

十

旧象愈摧破，人类便愈进步……

《全集》第 1 卷第 332 页

十一

一道浊流，固然不如一杯清水的干净而澄明，但蒸馏了浊流的一部分，却就有许多杯净水在。

《全集》第 5 卷第 278 页

十二

世界决不和我同死，希望是属于将来的。

《全集》第 4 卷第 185 页

十三

在真的解放之前，是战斗。

《全集》第 4 卷第 598 页

十四

生物学家告诉我们："人类和猴子是没有大两样，人类和猴子是表兄弟。"但为什么人类成了人，猴子终于是猴子呢？这就因为猴子不肯变化——它爱用四足脚走路。也许曾有一个猴子站起来，试用两脚走路的罢，但许多猴子就说："我们底祖先一向是爬的，不许你站！"咬死了。它们不但不肯站起来，并且不肯讲话，因为它守旧。人类就不然，他终于站起，讲话，结果是他胜利了。现在也还没有完。所以革命是并不稀奇的，凡是至今还未灭亡的民族，还都天天在努力革命。

《全集》第 3 卷第 418 页

十五

其实"革命"是并不稀奇的，惟有了它，社会才会改革，人类才会进步，能从原虫到人类，从野蛮到文明，就因为没有一刻不在革命。

《全集》第3卷第418页

十六

倘使不改现状，反能兴旺，能得真实自由的幸福生活，那就是做野蛮也很好。——但可有人敢答应“是”么？

《全集》第1卷第314页

十七

……要进步或不退步，总须时时自出新裁，至少也必须取材异域，倘若各种顾忌，各种小心，各种唠叨，这么做即违了祖宗，那么做又像了夷狄，终生惴惴如在薄冰上，发抖尚且来不及，怎么会做出好东西来。所以事实上“今不如古”者，正因为有许多唠叨着“今不如古”的诸位先生们之故。

《全集》第1卷第199页

十八

我们应该看现代的兴国史，现代的新国的历史，这里面所指示的是战叫，是活路，不是亡国奴的悲叹和号咷！

《全集》第8卷第321页

十九

若以人类为着眼点，则中国若改良，固足为人类进步之验；若共灭亡，亦是人类向上之验，缘如此国人竟不能生存，正是人类进步之故也。大约将来人道主义终当胜利，中国虽不改进，欲为奴隶，而他人更不欲用奴隶；则虽渴想请安，亦是不得主顾，止能侘傺而死。如是数代，请请安磕头之隐渐淡，终必难免于进步矣。

《全集》第 11 卷第 354 页

二十

凡有良心，有觉悟的人，到一个时候，自然知道老调子不该再唱，将它抛弃。

《全集》第 7 卷第 309 页

二十一

改革自然常不免于流血，但流血非即等于改革。血的应用，正如金钱一般，吝啬固然是不行的，浪费也大大的失算。

《全集》第 3 卷第 281 页

二十二

世界的进步，当然大抵是从流血得来。

《全集》第 3 卷第 267 页

二十三

许多历史的教训，都是用极大的牺牲换来的。

《全集》第 7 卷第 387 页

二十四

改革，是向来没有一帆风顺的，冷笑家的赞成，是在见了成效之后。

《全集》第 6 卷第 116 页

二十五

从古迄今，什么都在改变，但必须在不声不响中，倘一道破，就一定有窒碍，维持现状说来了，复古说也来了。这些说头自然也无效。但一时不失其为一种窒碍却也是真的，它能够使一部分的有志于改革者迟疑一下子，从招潮者变为乘潮者。

《全集》第 6 卷第 283 页

二十六

革命是痛苦，其中也必然混有污秽和血，决不是如诗人所想象的那般有趣，那般完美；革命尤其是现实的事，需要各种卑贱的，麻烦的工作，决不如诗人所想象的那般浪漫；革命当然有破坏，然而更需要建设，破坏是痛快的，但建设却是麻烦的事。

《全集》第 4 卷第 233 页

二十七

革命无止境，倘使世上真有什么"止于至善"，这人间世便同时变了凝固的东西了。不过，中国经了许多战士的精神和血肉的培养，却的确长出了一点先前所没有的幸福的花果来，也还有逐渐生长的希望。倘若不像有，那是因为继续培养的人们少，而赏玩，攀折这花，摘食这果实的人们倒是太多的缘故。

《全集》第 3 卷第 410 页

二十八

多数的力量是伟大，要紧的，有志于改革者倘不深知民众的心，设法利导，改进，则无论怎样的高文宏议，浪漫古典，却和他们无干，仅止于几个人在书房中互相叹赏，得些自己满足。假如竟有"好人政府"，出令改革乎，不多久，就早被他们拉回旧道上去了。

《全集》第 4 卷第 223 页

二十九

许多烈士的血都被人们踏灭了，然而又不是故意的。

《全集》第 3 卷第 16 页

三十

对于旧社会和旧势力的斗争必须坚决，持久不断，而且注意实力。

《全集》第 4 卷第 235 页

三十一

旧社会的根底原是非常坚固的，新运动非有更大的力是不能动摇它什么。

《全集》第 4 卷第 235 页

三十二

中国一切旧物，无论如何，定必崩溃；倘能采用新说，助其变迁，则改革较有秩序，其祸必不如天然崩溃之烈。而社会守旧，新党又不行不顾言，一盘散沙，无法粘连，将来除无可收拾外，殆无他道也。

《全集》第 11 卷第 369 页

三十三

社会虽然不能不偶然顺应，但决不是正当办法。因为社会不良，恶现象便很多，势不能一一顺应；倘都顺应了，又违反了合理的生活，倒走了进化的路。所以根本方法，只有改良社会。

《全集》第 1 卷第 138 页

三十四

旧形式是采取，必有所删除，既有删除，必有所增益，这结果是新形式的出现，也就是变革。而且，这工作是决不如旁观者所想象的容易。

《全集》第6卷第24页。

三十五

无产者的革命，乃是为了自己的解放和消灭阶级，并非因为要杀人，即使是正面的敌人，倘不死于正面战场，就有大众的裁判，决不是一个诗人所能提笔判定生死的。

《全集》第4卷第452页

三十六

文化的改革如长江大河的流行，无法遏止，假使能够遏止，那就成为死水，纵不干涸，也必腐败的。

《全集》第6卷第283页

三十七

真实的革命者，自有独到的见解，例如.乌诺夫先生，他是将“风俗”和“习惯”，都包括在“文化”之内的，并且以为改革这些，很为困难。我想，但倘不将这些改革，则这革命即等于无成，如沙上建塔，顷刻倒坏。中国最初的排满革命，所以易得响应者，因为口号是“光复旧物”，就是“复古”，易于取得保守的人民同意的缘故。但到后来，竟没有历史上定例的开国之初的盛世，只枉然失了一条辫子，就很为大家所不满了。

《全集》第4卷第224页

三十八

现在已不是在书斋中，捧书本高谈宗教，法律，文艺，美术……的时候了，即使要谈论这些，也必须先知道习惯和风俗，而且有正视这些的黑暗面的勇猛和毅力。因为倘不看清，就无从改革。仅大叫未来的光明，其实是欺骗怠慢的自己和怠慢的听众的。倘不深入民众的大层中，于他们的风俗习惯，加以研究，解剖，分别好坏，立存废的标准，而于存于废，都慎选施行的方法，则无论怎样的改革，都将为习惯的岩石所压碎，或者只在表面上浮游一些时。

《全集》第 4 卷第 224 页

三十九

体质和精神都已硬化了的人民，对于极小的一点改革，也无不加以阻挠，表面上好像恐怕于自己不利，但所设的口实，却往往见得极其公正而且堂皇。

《全集》第 4 卷第 223 页

四十

“古道”怎么能再行于今之世呢？竟还有人主张读经，真不知是什么意思。

《全集》第 5 卷第 233 页

四十一

不错，汉字是古代传下来的宝贝，但我们的祖先，比汉字还要古，所以我们更是古代传下来的宝贝。为汉字而牺牲我们，还是为我们而牺牲汉字呢？这是只要还没有丧心病狂的人，都能够马上回答的。

《全集》第 5 卷第 557 页

四十二

单是文学革新是不够的，因为腐败思想，能够用古文做，也能用白话做。所以后来就有人提倡思想革新。思想革新的结果，是发生社会革新运动。这运动一发生，自然一面就发生反动，于是便酿成战斗……

《全集》第 4 卷第 13 页

四十三

保存旧文化，是要中国人永远做侍奉主子的材料，苦下去，苦下去。

《全集》第 7 卷第 312 页

四十四

旧文章，旧思想，都已经和现社会毫无关系了，从前孔子周游列国的时代，所坐的是牛车。现在我们还坐牛车么？从前尧舜的时候，吃东西用泥碗。现在我们所用的是甚么？所以，生在现今的时代，捧着古书是完全没有用处的了。

《全集》第 7 卷第 311 页

四十五

历史的巨轮，是决不因帮闲们的不满而停运的，我已经确切的相信：将来的光明，必将证明我们不但是文艺上的遗产的保存者，而且也是开拓者和建设者。

《全集》第 7 卷第 418 页

四十六

新的阶级及文化，并非从天突然而降，大抵是发达于对于旧支配者及文化的反抗中，亦即发达于和旧者的对立中，所以新文化仍然有所承传，于旧文化也仍然有所择取。

《全集》第 7 卷第 355 页

四十七

文明无不根旧迹而演来，亦以矫往事而生偏至，缘督校量，其颇灼然，犹孑与躄焉耳。

《全集》第 1 卷第 49 页

四十八

我们为甚么能够同化蒙古人和满洲人呢？是因为他们的文化比我们的低得多，倘使别人的文化和我们的相敌或更进步，那结果便要大大相同了。

《全集》第 7 卷第 310 页

四十九

时代环境全部迁流，并且进步，而个人始终如故，毫无长进，这才谓之“落伍者”。倘若对于时代环境，怀着不满，要它更好，即不当有“落伍者”之称。因为世界上改革者的动机，大抵就是这对于时代环境的不满的缘故。

《全集》第 11 卷第 25 页

五十

超时代其实就是逃避，倘自己没有正视现实的勇气，又要挂革命的招牌，便自觉地或不自觉地必然地要走入那一条路的。身在现世，怎么离去？这是和说自己用手提着耳朵，就可以离开地球者一样地欺人。

《全集》第 4 卷第 83 页

五十一

那种表面上扮着"革命"的面孔，而轻易诬馅别人为"内奸"，为"反革命"，为"托派"，以至为"汉奸"者，大半不是正路人；因为他们巧妙地格杀革命的民族的力量，不顾革命的大众的利益，而只借革命以营私……

《全集》第 6 卷第 530 页

五十二

有些改革者，是极爱谈改革的，但真的改革到了身边，却使他恐惧。

《全集》第 6 卷第 443 页

五十三

对于革命抱着浪漫谛克的幻想的人，一和革命接近，一到革命进行，便容易失望。

《全集》第 4 卷第 233 页

五十四

中国很有为革命而死掉的人，也很有虽然吃苦，仍在革命的人，但也有虽然革命，而在幸福的人。

《全集》第 4 卷第 96 页

五十五

瓦砾场上还不足悲，在瓦砾场上修补老例是可悲的。我们要革新的破坏者，因为他内心有理想的光。我们应该知道他和寇盗奴才的分别；应该留心自己堕入后两种。

《全集》第 1 卷第 194 页

五十六

由历史所指示，凡有改革，最初，总是觉悟的智识者的任务。但这些智识者，却必须有研究，能思索，有决断，而且有毅力。他也用权，却不是骗人，他利导，却并非迎合。他不看轻自己，以为是大家的戏子，也不看轻别人，当做自己的喽罗。他只是大众中的一个人，我想，这才可以做大众的事业。

《全集》第 6 卷第 102 页

五十七

……自然也有破坏，这是为了未来的建设。新的建设的理想，是一切言动的南针，倘没有这而言破坏，便如未来派，不过是破坏的同路人，而言保存，则全然是旧社会的维持者。

《全集》第 7 卷第 356 页

五十八

倘若不和实际的社会斗争接触，单关在玻璃窗内做文章，研究问题，那是无论怎样的激烈，“左”都是容易办到的；然而一碰到实际，便即刻要撞碎了。关在房子里，最容易高谈彻底的主义，然而也最容易“右倾”。

《全集》第 4 卷第 233 页

五十九

倘说，凡大队的革命军，必须一切战士的意识，都十分正确，分明，这才是真的革命军，否则不值一哂。这言论，初看固然是很正当，彻底似的，然而这是不可能的难题，是空洞的高谈，是毒害革命的甜药。

《全集》第 4 卷第 226 页

六十

倘若要现在的战士都是意识正确，而且坚于钢铁之战士，不但是乌托邦的空想，也是出于情理之外的苛求。

《全集》第 4 卷第 227 页

六十一

假使遏绝革新，屠戮改革者的人物，改革后也就同浴改革的光明，那所处的倒是最稳妥的地位。

《全集》第 7 卷第 305 页

六十二

连他长指甲都不肯剪去的人，是决不肯剪去他的辫子的。

《全集》第 4 卷第 14 页

六十三

智识高超而眼光远大的先生们开导我们：生下来的倘不是圣贤，豪杰，天才，就不要生；写出来的倘不是不朽之作，就不要写；改革的事倘不是一下子就变成极乐世界，或者至少给有更多的好处，就万万不要动！

【华盖集·这个与那个】

六十四

这是东方的微光，是林中的响箭，是冬末的萌芽，是进军的第一步，是对前驱者的爱的大纛，也是对于摧残者的憎的丰碑。

【且介亭杂文末编·白莽作〈孩儿塔〉序】

六十五

言论的路很窄小，不是过激，便是反动，于大家都无益处。

【三闲集·现今的新文学的概观】

六十六

无问题，无缺陷，无不平，也就无解决，无改革，无反抗。因为凡事总要“团圆”，正无须我们焦躁；放心喝茶，睡觉大吉。

【坟·论睁了眼看】

六十七

革命是并非教人死而是教人活的。

【二心集·上海文艺之一瞥】

文学鉴赏

习惯与改革[①]

体质和精神都已硬化了的人民，对于极小的一点改革，也无不加以阻挠，表面上好像恐怕于自己不便，其实是恐怕于自己不利，但所设的口实，却往往见得极其公正而且堂皇。

今年的禁用阴历[②]，原也是琐碎的，无关大体的事，但商家当然叫苦连天了。不特此也，连上海的无业游民，公司雇员，竟也常常慨然长叹，或者说这很不便于农家的耕种，或者说这很不便于海船的候潮。他们居然因此念起久不相干的乡下的农夫，海上的舟子来。这真像煞有些博爱。

一到阴历的十二月二十三，爆竹就到处毕毕剥剥。我问一家的店伙："今年仍可以过旧历年，明年一准过新历年么？"那回答是："明年又是明年，要明年再看了。"他并不信明年非过阳历年不可。但日历上，却诚然删掉了阴历，只存节气。然而一面在报章上，则出现了《一百二十年阴阳合历》的广告。好，他们连曾孙玄孙时代的阴历，也已经给准备妥当了，一百二十年！

梁实秋先生们虽然很讨厌多数，但多数的力量是伟大，要紧的，有志于改革者倘不深知民众的心，设法利导，改进，则无论怎样的高文宏议，

---

① 本篇最初发表于一九三〇年三月一日《萌芽月刊》第一卷第三期。

② 禁用阴历：一九二九年十月七日国民党当局发布通令，规定"自十九年(1930)1月1日起一律适用国例，如附用阴历，法律即不生效。"

浪漫古典[1]，都和他们无干，仅止于几个人在书房中互相叹赏，得些自己满足。假如竟有"好人政府"[2]，出令改革乎，不多久，就早被他们拉回旧道上去了。

真实的革命者，自有独到的见解，例如乌略诺夫[3]先生，他是将"风俗"和"习惯"，都包括在"文化"之内的，并且以为改革这些，很为困难。我想，但倘不将这些改革，则这革命即等于无成，如沙上建塔，顷刻倒坏。中国最初的排满革命，所以易得响应者，因为口号是"光复旧物"，就是"复古"，易于取得保守的人民同意的缘故。但到后来，竟没有历史上定例的开国之初的盛世，只枉然失了一条辫子，就很为大家所不满了。

以后较新的改革，就著著失败，改革一两，反动十斤，例如上述的一年日历上不准注阴历，却来了阴阳合历一百二十年。

这种合历，欢迎的人们一定是很多的，因为这是风俗和习惯所拥护，所以也有风俗和习惯的后援。别的事也如此，倘不深入民众的大层中，于他们的风俗习惯，加以研究，解剖，分别好坏，立存废的标准，而于存于废，都慎选施行的方法，则无论怎样的改革，都将为习惯的岩石所压碎，或者只在表面上浮游一些时。

现在已不是在书斋中，捧书本高谈宗教，法律，文艺，美术……的时候了，即使要谈论这些，也必须先知道习惯和风俗，而且有正视这些的黑暗面的勇猛和毅力。因为倘不看清，就无从改革。仅大叫未来的光明，其实是欺骗怠慢的自己和怠慢的听众的。

（选自《二心集》）

---

① 浪漫古典：指梁实秋出版的论文集《浪漫的与古典的》，目的是宣扬白璧德的新人文主义。

② "好人政府"是胡适等人于一九二二年五月提出的政治主张。《我们的政治主张》一文中说："我们以为现在不谈政治则已，若谈政治，应该有一个切实的，明了的，人人都能了解的目标。我们以为国内的优秀分子，无论他们理想中的政治组织是什么，……现在都应该平心降格的公认'好政府'一个目标，作为现在改革中国政治的最低限度的要求。"

③ 乌略诺夫现通译作乌里扬诺夫，即列宁。

第七章　鲁迅箴言之国民性

一

我的取材，多采自病态社会的不幸的人们中，意思是在揭出病苦，引起疗救的注意。

《全集》第 4 卷第 512 页。

二

中国人是并非没有"自知之明"的，缺点只在有些人安于"自欺"，由此并想"欺人"。譬如病人，患着浮肿，而讳疾忌医，但愿别人胡涂，误认他为肥胖。妄想既久，时而自己也觉得好像肥胖，并非浮肿；即使还是浮肿，也是一种特别的好浮肿，与众不同。如果有人，当面指明：这非肥胖，而是浮肿，且并不"好"，病而已矣。那么，他就失望，含羞，于是成怒，骂指明者，以为昏妄。然而还想吓他，骗他，又希望他畏惧主人的愤怒和骂詈，惴惴的再看一遍，细寻佳处，改口说这的确是肥胖。于是他得到安慰，高高兴兴，放心的浮肿着了。

《全集》第 6 卷第 625～626 页

三

要论中国人，必须不被搽在表面的自欺欺人的脂粉所诓骗，却看看他的筋骨和脊梁。

《全集》第 6 卷第 118 页

四

我们仔细查察自己，不再说诳的时候应该到来了，一到不再自欺欺人的时候，也就是到了看见希望的萌芽的时候。

我不以为自承无力，是比自夸爱和平更其耻辱。

《全集》第 3 卷第 101 页

五

中国的精神文明，早被枪炮打败了，经过了许多经验，已经要证明所有的还是一无所有。讳言这“一无所有”，自然可以聊以自慰；倘更铺排得好听一点，还可以寒天烘火炉一样，使人舒服得要打盹儿。但那报应是永远无药可医，一切牺牲全都白费，因为在大家打着盹儿的时候，狐鬼反将牺牲吃尽，更加肥胖了。

《全集》第 3 卷第 96 页

大概，人必须从此有记性，观四向听八方，将先前一切自欺欺人的希望之谈全都扫除，将无论是谁的自欺欺人的假面全都撕掉，将无论是谁的自欺欺人的手段全都排斥，总而言之，就是将华夏传统的所有小巧的玩艺儿全都放掉，倒去屈尊学学枪击我们的洋鬼子，这才可望有新的希望的萌芽。

《全集》第 3 卷第 96 页

七

中国人要“面子”，是好的，可惜的是这“面子”是“圆机活法”[①]，于是

① 圆机活法，即随机应变的方法。

就和“不要脸”混起来了。

《全集》第 6 卷第 128 页

八

在中国，尤其是在都市里，倘使路上有暴病倒地，或翻车摔伤的人，路人围观或甚至于高兴的人尽有，肯伸手来扶助一下的人却是极少的。

《全集》第 4 卷第 540 页

九

中国的社会，虽说“道德好”，实际却太缺乏相爱相助的心思。便是“孝”、“烈”这类道德，也都是旁人毫不负责，一味收拾幼者弱者的方法。在这样社会中，不独老者难于生活，即解放的幼者，也难于生活。

《全集》第 1 卷第 137 页

十

中国人自己诚然不善于战争，却并没有诅咒战争；自己诚然不愿出战，却并未同情于不愿出战的他人；虽然想到自己，却并没有想到他人的自己。

《全集》第 10 卷第 195 页

十一

假使有一个人，在路旁吐一口唾沫，不久准可以围满一堆人；又假使又有一个人，无端大叫一声，拔步便跑，同时准可以大家都逃散。

《全集》第 5 卷第 474 页

十二

外国用火药制造子弹御敌，中国却用它做爆竹敬神；外国用罗盘针航海，中国却用它看风水；外国用鸦片医病，中国却拿来当饭吃。

《全集》第 5 卷第 15 页

十三

中国古人所发明，而现在用以做爆竹和看风水的火药和指南针，传到欧洲，他们就应用在枪炮和航海上，给本师吃了许多亏。

《全集》第 7 卷第 319 页

十四

每一新制度、新学术、新名词传入中国，便如落在黑色染缸，立刻乌黑一团，化为济私助焰之具，科学亦不过其一而已。

此弊不去，中国是无药可救的。

《全集》第 5 卷第 480 页

十五

先觉的人，历来总被阴险的小人昏庸的群众迫压排挤倾陷放逐杀戮。中国又格外凶。

《全集》第 8 卷第 89 页

十六

一见短袖子，立刻想到白臂膊，立刻想到全裸体，立刻想到生殖器，立刻想到性交，立刻想到杂交，立刻想到私生子。

中国人的想象惟在这一层能够如此跃进。

《全集》第 3 卷第 533 页

十七

在进取的国民中，性急是好的，但生在麻木如中国的地方，却容易吃亏，纵使如何牺牲，也无非毁灭自己，于国度没有影响。

《全集》第 11 卷第 46 页

十八

群众，——尤其是中国的，——永远是戏剧的看客。牺牲上场，如果显得慷慨，他们就看了悲壮剧；如果显得觳觫[①]，他们就看了滑稽剧。北京的羊肉铺前常有几个人张着嘴看剥羊，仿佛颇愉快，人的牺牲能给与他们的益处，也不过如此。而况事后走不几步，他们并这一点愉快也就忘却了。

对于这样的群众没有法，只好使他们无戏可看倒是疗救，正无需乎震骇一时的牺牲，不如深沉的韧性的战斗。

《全集》第 1 卷第 163～164 页

十九

小市民总爱听人们的丑闻，尤其是有些熟识的人的丑闻。上海的街头巷尾的老虔婆，一知道近邻的阿二嫂家有野男人出入，津津乐道，但如果对她讲甘肃的谁在偷汉，新疆的谁在再嫁，她就不要听了。

《全集》第 6 卷第 331～332 页

二十

我觉得中国有时是极爱平等的国度。有什么稍稍显得突出，就有人拿了长刀来削平它。……阮玲玉算是比较有成绩的明星，但人言可畏，到底非一口气吃下三瓶安眠药不可。

《全集》第 6 卷第 290 页。

---

① 觳觫，恐惧颤抖的样子。

二十一

可惜中国历来就独多民气论者，到现在还如此。如果长此不改，“再而衰，三而竭”，将来会连辩诬的精力也没有了。所以在不得已而空手鼓舞民气时，尤必须同时设法增长国民的实力，还要永远这样的干下去。

《全集》第 3 卷第 90 页

二十二

我以为国民倘没有智，没有勇，而单靠一种所谓“气”[①]，实在是非常危险的。

《全集》第 1 卷第 226 页

二十三

不以实力为根本的民气，结果也只能以固有而不假外求的天灵盖自豪，也就是以自暴自弃当作得胜。

《全集》第 3 卷第 101 页

二十四

中国人向来有点自大。——只可惜没有“个人的自大”，都是“合群的爱国的自大”……

“个人的自大”，就是独异，是对庸众的宣战。……一切新思想，多从他们出来，政治上宗教上道德上的改革，也从他们发端。所以有这“个人的自大”的国民，真是多福气！多幸运！

《全集》第 1 卷第 387 页

---

① “气”，指蕴蓄的怨愤。

二十五

中国人总不肯研究自己。

《全集》第 3 卷第 333 页

二十六

中国人不疑自己的多疑。

《全集》第 6 卷第 486 页

二十七

月球只一面对着太阳，那一面我们永远不得见。歌颂中国文明的也惟以光明的示人，隐匿了黑的一面。

《全集》第 3 卷第 103 页

二十八

凡中国人说一句话，做一件事，倘与传来的积习有若干抵触，须一个斤斗便告成功，才有立足的处所；而且被恭维得烙铁一般热。否则免不了标新立异的罪名，不许说话；或者竟成了大逆不道，为天地所不容。

《全集》第 1 卷第 324 页

二十九

可惜中国太难改变了，即使搬动一张桌子，改装一个火炉，几乎也要血；而且即使有了血，也未必一定能搬动，能改装。不是很大的鞭子打在背上，中国自己是不肯动弹的。

《全集》第 1 卷第 164 页

三十

我们的古圣先贤既给与我们保古守旧的格言，但同时也排好了用子女玉帛所做的奉献于征服者的大宴。中国人的耐劳，中国人的多子，都就是办酒的材料，到现在还为我们的爱国者所自诩的。

《全集》第 1 卷第 214 页

三十一

中国的作文和做人，都要古已有之，但不可直钞整篇，而须东拉西扯，补缀得看不出缝，这才算是上上大吉。所以做了一大通，还是等于没有做，而批评者则谓之好文章或好人。社会上的一切，什么也没有进步的病根就在此。

《全集》第 4 卷第 272 页

三十二

做了人类想成仙；生在地上要上天；明明是现代人，吸着现在的空气，却偏要勒派朽腐的名教，僵死的语言，侮蔑尽现在，这都是“现在的屠杀者”。杀了“现在”，也便杀了“将来”。 《全集》第 1 卷第 350 页

三十三

我独不解中国人何以于旧状况那么心平气和，于较新的机运就这么疾首蹙额；于已成之局那么委曲求全，于初兴之事就这么求全责备？

《全集》第 3 卷第 143 页

三十四

无破坏即无新建设，大致是的，……卢梭，斯缔纳尔，尼采，托尔斯

泰,伊孛生等辈,若用勃兰兑斯的话来说,乃是“轨道破坏者”。其实他们不单是破坏,而且是扫除,是大呼猛进,将碍脚的旧轨道不论整条或碎片,一扫而空,……中国很少这一类人,即使有之,也会被大众的唾沫淹死。

《全集》第1卷第192页

三十五

只要从来如此,便是宝贝。即使无名肿毒,倘若生在中国人身上,也便“红肿之处,艳若桃花;溃烂之时,美如乳酪”。国粹所在,妙不可言。

《全集》第1卷第318页

三十六

智识高超而眼光远大的先生们开导我们:生下来的倘不是圣贤,豪杰,天才,就不要生;写出来的倘不是不朽之作,就不要写;改革的事倘不是一下子就变成极乐世界,或者,至少能给我(!)有更多的好处,就万万不要动!

《全集》第3卷第143页

三十七

谁说中国人不善于改变呢?每一新的事物进来,起初虽然排斥,但看到有些可靠,就自然会改变。不过并非将自己变得合于新事物,乃是将新事物变得合于自己而已。

《全集》第3卷第102页

三十八

我们古人对于分隔男女的设计,也还不免是低能儿;现在总跳不出古人的圈子，更是低能之至。不同泳，不同行，不同食，不同做电影，都只是“不同席”的演义。低能透顶的是还没有想到男女同吸着相同的空气，从这个男人的鼻孔里呼出来，又被那个女人从鼻孔里吸进去，淆乱乾坤，实在比海水只触着皮肤更为严重。对于这一个严重问题倘没有办法，男女的界线就永远分不清。

《全集》第 5 卷第 542 页

三十九

凡有读过一点古书的人都有这一种老手段：新起的思想，就是“异端”，必须歼灭的，待到它奋斗之后，自己站住了，这才寻出它原来与“圣教同源”；外来的事物，都要“用夷变夏”，必须排除的，但待到这“夷”入主中夏，却考订出来了，原来连这“夷”也还是黄帝的子孙。

《全集》第 3 卷第 213 页

四十

优良而非国货的时候，中国禁用，日本仿造，这是两国截然不同的地方。

《全集》第 5 卷第 316 页

四十一

人往往憎和尚，憎尼姑，憎回教徒，憎耶教徒，而不憎道士。

懂得此理者，懂得中国大半。

《全集》第 3 卷第 532 页

四十二

由我看来，所谓“洋气”之中，有不少是优点，也是中国人性质中所本有的，但因了历朝的压抑，已经萎缩了下去，现在就连自己也莫名其妙，统统送给洋人了。这是必须拿它回来——恢复过来的——自然还得加一番慎重的选择。

《全集》第 6 卷第 82 页

四十三

西法虽非国粹,有时却能够帮助国粹的。

《全集》第 5 卷第 542 页

四十四

我们中国的许多人,——我在此特别郑重声明:并不包括四万万同胞全部!——大抵患有一种“十景病”,至少是“八景病”,沉重起来的时候大概在清朝。凡看一部县志,这一县往往有十景或八景,如“远村明月”“萧寺清钟”“古池好水”之类。而且,“十”字形的病菌,似乎已经侵入血管,流布全身,其势力早不在“!”形惊叹亡国病菌之下了。点心有十样锦,菜有十碗,音乐有十番,阎罗有十殿,药有十全大补,猜拳有全福手福手全,连人的劣迹或罪状,宣布起来也大抵是十条,仿佛犯了九条的时候总不肯歇手。

《全集》第 1 卷第 191 页

四十五

苹果一烂,比别的水果更不好吃,但是也有人买的,不过我们另外还有一种相反的脾气:首饰要“足赤”,人物要“完人”。一有缺点,有时就全部都不要了。

《全集》第 5 卷第 299 页

四十六

中国向来的历史上,凡一朝要完的时候,总是自己动手,先前本国的较好的人，物，都打扫干净，给新主子可以不费力量的进来。

《全集》第 13 卷第 52 页

四十七

中国人向来就没有争到过“人”的价格，至多不过是奴隶，到现在还如此，然而下于奴隶的时候，却是数见不鲜的。

《全集》第 1 卷第 212 页

四十八

可惜中国人但对于羊显凶兽相，而对于凶兽则显羊相，所以即使显着凶兽相，也还是卑怯的国民。这样下去，一定要完结的。

我想，要中国得救，也不必添什么东西进去，只要青年们将这两种性质的古传用法，反过来一用就够了：对手如凶兽时就如凶兽，对手如羊时就如羊！

《全集》第 3 卷第 61 页

四十九

假如有一种暴力，“将人不当人”，不但不当人，还不及牛马，不算什么东西；待到人们羡慕牛马，发生“乱离人，不及太平犬”的叹息的时候，然后给与他略等于牛马的价格，有如元朝定律，打死别人的奴隶，赔一头牛，则人们便要心悦诚服，恭颂太平的盛世。为什么呢？因为他虽不算人，究竟已等于牛马了。

《全集》第 1 卷第 211 页

五十

中国人，所擅长的是所谓“中庸”，于是终于佛有释藏，道有道藏，不论是非，一齐存在。

《全集》第8卷第111页

五十一

中国人倘有权力，看见别人奈何他不得，或者有“多数”作他护符的时候，多是凶残横恣，宛然一个暴君，做事并不中庸；待到满口“中庸”时，乃是势力已失，早非“中庸”不可的时候了。一到全败，则又有“命运”来做话柄，纵为奴隶，也处之泰然，但又无往而不合于圣道。这些现象，实在可以使中国人败亡，无论有没有外敌。要救正这些，也只好先行发露各样的劣点，撕下那好看的假面具来。

《全集》第3卷第26页

五十二

夫近乎“持中”的态度大概有二：一者“非彼即此”，二者“可彼可此”也。前者是无主意，不盲从，不附势，或者别有独特的见解；但境遇是很危险的，……，后者则是“骑墙”，或是极巧妙的“随风倒”了，然而在中国最得法，所以中国人的“持中”大概是这个。

《全集》第7卷第56页

五十三

中国人，凡是做文章，总说“有利也有弊”，这最足以代表知识阶级的思想。

《全集》第8卷第189页

五十四

中国的人们，遇见带有会使自己不安的朕兆的人物，向来就用两样法：将他压下去，或者将他捧起来。

《全集》第 3 卷第 140 页

五十五

压下去就用旧习惯和旧道德，或者凭官力，所以孤独的精神的战士，虽然为民众战斗，却往往反为这“所为”而灭亡。到这样，他们这才安心了。压不下时，则于是乎捧，以为抬之使高，餍之使足，便可以于己稍稍无害，得以安心。

《全集》第 3 卷第 140 页

五十六

凡有被捧者，十之九不是好东西。

既然十之九不是好东西，则被捧而后，那结果便自然和捧者的希望适得其反了。不但能使不安，还能使他们很不安，因为人心本来不易餍足。然而人们终于至今没有悟，还以捧为苟安之一道。

《全集》第 3 卷第 140 页

五十七

最奇怪的是北几省的河道，竟捧得河身比屋顶高得多了。当初自然是防其溃决，所以壅上一点土；殊不料愈壅愈高，一旦溃决，那祸害就更大。于是就“抢堤”咧，“护堤”咧，“严防决堤”咧，花色繁多，大家吃苦。如果当初见河水泛滥，不去增堤，却去挖底，我以为决不至于这样。

《全集》第 3 卷第 141 页

五十八

中国人的自讨苦吃的根苗在于捧，“自求多福”之道却在于挖。其实，劳力之量是差不多的，但从惰性太多的人们看来，却以为还是捧省力。

《全集》第 3 卷第 141 页

五十九

中国人不但“不为戎首”，“不为祸始”，甚至于“不为福先”。所以凡事都不容易有改革；前驱和闯将，大抵是谁也怕得做。然而人性岂真能如道家所说的那样恬淡；欲得的却多。既然不敢径取，就只好用阴谋和手段。以此，人们也就日见其卑怯了，既是“不为最先”，自然也不敢“不耻最后”，所以虽是一大堆群众，略见危机，便“纷纷作鸟兽散”了。如果偶有几个不肯退转，因而受害的，公论家便异口同声，称之曰傻子。对于“锲而不舍”的人们也一样。

《全集》第 3 卷第 142 页

六十

所以中国一向就少有失败的英雄，少有韧性的反抗，少有敢单身鏖战的武人，少有敢抚哭叛徒的吊客；见胜兆则纷纷聚集，见败兆则纷纷逃亡。战具比我们精利的欧美人，战具未必比我们精利的匈奴蒙古满洲人，都如入无人之境。“土崩瓦解”这四个字，真是形容得有自知之明。

《全集》第 3 卷第 142 页

六十一

多有“不耻最后”的人的民族，无论什么事，怕总不会一下子就“土崩瓦解”的，我每看运动会时，常常这样想：优胜者固然可敬，但那虽然落后而仍非跑至终点不止的竞技者，和见了这样竞技者而肃然不笑的看客，乃正是中国将来的脊梁。

《全集》第 3 卷第 143 页

六十二

中国人原是喜欢“抢先”的人民，上落电车，买火车票，寄挂号信，都愿意是一到便是第一个。

《全集》第 5 卷第 258 页

六十三

我们中国人总喜欢说自己爱和平，但其实，是爱斗争的，爱看别的东西斗争，也爱看自己们斗争。

《全集》第 5 卷第 7 页

六十四

中国开一个运动会，却每每因为决赛而至于打架，日子早过去了，两面还仇恨着。在社会上，也大抵无端的互相仇视，什么南北，什么省道府县，弄得无可开交，个个满脸苦相。我因此对于中国人爱和平这句话，很有些怀疑，很觉得恐怖。

《全集》第 10 卷第 192 页

六十五

造谣说谎诬陷中伤也都是中国的大宗国粹，这一类事实，古来很多，鬼祟著作却都消灭了。不肖子孙没有悟，还是层出不穷的做。不知他们做了以后，自己可也觉得无价值么。如果觉得，实在劣得可怜。如果不觉，又实在昏得可怕。

《全集》第 8 卷第 89 页

六十六

中国人至今还有无数“等”，还是依赖门第，还是倚仗祖宗。倘不改造，即永远有无声的或有声的“国骂”。

《全集》第1卷第234页

六十七

在我自己，总仿佛觉得我们人人之间各有一道高墙，将各个分离，使大家的心无从相印。这就是我们古代的聪明人，即所谓圣贤，将人们分为十等，说是高下各不相同。其名目现在虽然不用了，但那鬼魂却依然存在，并且，变本加厉，连一个人的身体也有了等差，使手对于足也不免视为下等的异类。

《全集》第7卷第81页

六十八

我们中国的最伟大最永久，而且最普遍的“艺术”是男人扮女人。这艺术的可贵，是在于两面光，或谓之“中庸”——男人看见“扮女人”，女人看见“男人扮”。表面上是中性，骨子里当然还是男的。

《全集》第5卷第85页

六十九

凡是愚弱的国民，即使体格如何健全，如何茁壮，也只能做毫无意义的示众材料和看客，病死多少是不必以为不幸的。所以我们的第一要着，是在改变他们的精神……

《全集》第1卷第417页

七十

读史，就愈可以觉悟中国改革之不可缓了。虽是国民性，要改革也得改革，否则，杂史杂说上所写的就是前车。一改革，就无须怕孙女儿总要像点祖母那些事，譬如祖母的脚是三角形，步履维艰的，小姑娘的却是天足，能飞跑；丈母老太太出过天花，脸上有些缺点的，令夫人却种的是牛痘，所以细皮白肉：这也就大差其远了。

《全集》第 3 卷第 139 页

七十一

历史是过去的陈迹，国民性可改造于将来。

《全集》第 10 卷第 244 页

七十二

使奴才主持家政，那里会有好样子。最初的革命是排满，容易做到的，其次的改革是要国民改革自己的坏根性，于是就不肯了。所以此后最要紧的是改革国民性，否则，无论是专制，是共和，是什么什么，招牌虽换，货色照旧，全不行的。

《全集》第 11 卷第 31 页

七十三

我们还要揭发自己的缺点，这是意在复兴、在改善。

《鲁迅书信集》下卷第 1064 页

七十四

中国国民性的堕落，我觉得并不是因为顾家，他们也未尝为“家”设想。最大的病根，是眼光不远，加以“卑怯”与“贪婪”，但这是历久养成的，一时不容易去掉。我对于攻打这些病根的工作，倘有可为，现在还不想放手，但即使有效，也恐很迟，我自己看不见了。由我想来——这只是如此感到，说不出理由——目下的压制和黑暗还要增加，但固此也许可以发生较激烈的反抗与不平的新分子，为将来的新的变动的萌蘖。

《全集》第 11 卷第 40 页

七十五

要治这麻木状态的国度，只有一法，就是“韧”，也就是“锲而不舍”。

《全集》第 11 卷第 46 页

七十六

我至今还在希望有人翻出斯密斯的《支那人气质》来[①]。看了这些，而自省，分析，明白那几点说的对，变革，挣扎，自做工夫，却不求别人的原谅和称赞，来证明究竟怎样的是中国人。

《全集》第 6 卷第 626 页

七十七

中国一向就少有失败的英雄，少有韧性的反抗，少有敢单身鏖战的武人，少有敢抚哭叛徒的吊客；见胜兆则纷纷聚集，见败兆则纷纷逃亡。

【华盖集 · 这个与那个】

七十八

因为泛起来的是沉滓，沉滓又究竟不过是沉滓，所以因此一泛，他们的本相倒越加分明，而最后的运命，也还是仍旧沉下去。

【二心集 · 沉滓的泛起】

---

① 斯密斯，美国传教士，曾在华 50 年之久。1894 年出版《中国人气质》一书，1896 年日本涩江保译为日文，名为《支那人气》。该书中斯密斯剖析了 26 条中国人的特点。

七十九

我们中国人对于不是自己的东西，或者将不为自己所有的东西，总要破坏了才快活的。

【华盖集·记谈话】

八十

人们因为能忘却，所以自己能渐渐地脱离了受过的苦痛，也因为能忘却，所以往往照样地再犯前人的错误。

【坟·娜拉走后怎样】

八十一

不以实力为根本的民气，结果也只能以固有而不假外求的天灵盖自豪，也就是以自暴自弃当作得胜。

【华盖集·补白】

八十二

谁说中国人不善于改变呢？每一新的事物进来，起初虽然排斥，但看到有些可靠，就自然会改变。不过并非将自己变得合于新事物，乃是将新事物变得合于自己而已。

【华盖集·补白】

八十三

季札说："中国之君子，明于礼义而陋于知人心。"这是确的，大凡明于礼义，就一定要陋于知人心的，所以古代有许多人受了很大的冤枉。

【而已集·魏晋风度及文章与药及酒之关系】

八十四

要论中国人，必须不被搽在表面的自欺欺人的脂粉所诓骗，却看看他的筋骨和脊梁。

【且介亭杂文·中国人失掉了自信力了吗】

八十五

求了一通神仙，终于没有见，忽然有些疑惑了。于是要造坟，来保存死尸，想用自己的尸体，永远占据着一块地面。这在中国，也要算一种没奈何的最高理想了。我怕现在的人，也还被这理想支配着。

【热风·随感录五十九·"圣武"】

八十六

愿中国青年都摆脱冷气，只是向上走，不必听自暴自弃者流的话。能做事的做事，能发声的发声。有一分热，发一分光，就令萤火一般，也可以在黑暗里发一分光，不必等候炬光。

【热风·随感录四十一】

八十七

惟有民魂是值得宝贵的，惟有他发扬起来，中国才有真进步。

【华盖集续编·学界的三魂】

八十八

中国人的不敢正视各方面，用瞒和骗，造出奇妙的逃路来，而自以为正路。在这路上，就证明着国民性的怯弱，懒惰，而又巧滑。一天一天的满足着，即一天一天的堕落着，但却又觉得日见其光荣。

【坟·论睁了眼看】

八十九

只有中庸的人，固然并无堕入地狱的危险，但也恐怕进不了天国的罢。

【且介亭杂文二集・陀思妥耶夫斯基的事】

九十

欲望没有衰，身体却疲敝了；而且觉得暗中有一个黑影——死——到了身边了。于是无法，只好求神仙。这在中国，也要算最高理想了。我怕现在的人，也还被这理想支配着。

【随感录五十九・热风・“圣武”】

九十一

中国人是健忘的，无论怎样言行不符，名实不副，前后矛盾，撒谎造谣，蝇营狗苟，都不要紧，经过若干时候，自然被忘掉得干干净净。

【华盖集・十四年的“读经”】

九十二

优胜者固然可敬，但那虽然落后而仍非跑至终点不止的竞技者，和见了这样的竞技者而肃然不笑的看客，乃正是中国将来的脊梁。

【华盖集・这个与那个】

九十三

一个政权到了对外屈服，对内束手，只知道杀人、放火、禁书、掳钱的时候，离末日也就不远了。

【鲁迅语（自唐弢《琐忆》）】

九十四

造物主的皮鞭没有到中国的脊梁上时，中国便永远是这样的中国，决不肯自己改变一根毫毛。

【呐喊·头发的故事】

九十五

中国人向来有点自大。——只可惜没有“个人的自大”，都是“合群的爱国的自大”。这便是文化竞争失败之后，不能再见振拔改进的原因。

【热风·随感录三十八】

九十六

中国人有一种矛盾的思想，即是：要子孙生存，而自己也想活得长久，永远不死；及至知道没法可想，非死不可了，却希望自己的尸身永远不腐烂。

【集外集拾遗·老调子已经唱完】

九十七

所谓中国的文明者，其实不过是安排给阔人享用的人肉的筵宴。所谓中国者，其实不过是安排这人肉的筵宴的厨房。

【坟·灯下漫笔】

九十八

哀其不幸，怒其不争。

【坟·摩罗诗力说】

九十九

革命者决不怕批判自己，他知道得很清楚，他们敢于明言。

【三闲集·“醉眼”中的朦胧】

一百

中国的旧学说旧手段，实在从古以来，并无良效，无非使坏人增长些虚伪，好人无端的多受些人我都无利益的苦痛罢了。

【坟·我们现在怎样做父亲】

一零一

历史指示过我们，遭殃的不是什么敌手而是自己的同胞和子孙。那结果，是反为敌人先驱，而敌人就做了这一国的所谓强者的胜利者，同时也就做了弱者的恩人。

【坟·杂忆】

一零二

要治这麻木状态的国度，只有一法，就是“韧”，也就是“锲而不舍”。逐渐的做一点，总不肯休，不至于比“踔厉风发”无效的。但其间自然免不了“苦闷，苦闷……”可是只好便与这“苦闷”反抗。这虽然近于劝人耐心的做奴隶，而其实很不同，甘心乐意的奴隶是无望的，但若怀有不平，总可以逐渐做些有效的事。

【两地书】

一零三

中国人是并非“没有自知”之明的，缺点只在有些安于“自欺”，由此并想“欺人”。

【且介亭杂文末编·立此存照】

文学鉴赏

无声的中国[①]

——二月十六日在香港青年会讲

以我这样没有什么可听的无聊的讲演，又在这样大雨的时候，竟还有这许多来听的诸君，我首先应当声明我的郑重的感谢。

我现在所讲的题目是：《无声的中国》。

现在，浙江，陕西，都在打仗[②]，那里的人民哭着呢还是笑着呢，我们不知道。香港似乎很太平，住在这里的中国人，舒服呢还是不很舒服呢，别人也不知道。

发表自己的思想，感情给大家知道的是要用文章的，然而拿文章来达意，现在一般的中国人还做不到。这也怪不得我们；因为那文字，先就是我们的祖先留传给我们的可怕的遗产。人们费了多年的工夫，还是难于运用。因为难，许多人便不理它了，甚至于连自己的姓也写不清是张还是章，或者简直不会写，或者说道：zhang。虽然能说话，而只有几个人听到，远处的人们便不知道，结果也等于无声。又因为难，有些人便当作宝贝，像玩把戏似的，之乎者也，只有几个人懂，——其实是不知道可真懂，而大多数的人们却不懂得，结果也等于无声。

文明人和野蛮人的分别，其一，是文明人有文字，能够把他们的思想，感情，藉此传给大众，传给将来。中国虽然有文字，现在却已经和大家不相干，用的是难懂的古文，讲的是陈旧的古意思，所有的声音，都是

---

① 本篇最初刊于香港报纸（报纸名称及日期未详），一九二七年三月二十三日汉口《中央日报》副刊转载。据《鲁迅日记》，这篇讲演作于二月十八日。

② 浙江，陕西，都在打仗：一九二七年一月，白崇禧所部北伐军（国民革命军）东路军向浙江孙传芳部进击。于二月十八日占领杭州。同时，冯玉祥所部国民军也正在陕西和吴佩孚部作战。

过去的,都就是只等于零的。所以,大家不能互相了解,正像一大盘散沙。

将文章当作古董,以不能使人认识,使人懂得为好,也许是有趣的事罢。但是,结果怎样呢?是我们已经不能将我们想说的话说出来。我们受了损害,受了侮辱,总是不能说出些应说的话。拿最近的事情来说,如中日战争,拳匪事件,民元革命[①]这些大事件,一直到现在,我们可有一部像样的著作?民国以来,也还是谁也不作声。反而在外国,倒常有说起中国的,但那都不是中国人自己的声音,是别人的声音。

这不能说话的毛病,在明朝是还没有这样利害的;他们还比较地能够说些要说的话。待到满洲人以异族侵入中国,讲历史的,尤其是讲宋末的事情的人被杀害了,讲时事的自然也被杀害了。[②] 所以,到乾隆年间,人民大家便更不敢用文章来说话了。所谓读书人,便只好躲起来读经,校刊古书,做些古时的文章,和当时毫无关系的文章。有些新意,也还是不行的;不是学韩,便是学苏。韩愈苏轼他们,用他们自己的文章来说当时要说的话,那当然可以的。我们却并非唐宋时人,怎么做和我们毫无关系的时候的文章呢。即使做得像,也是唐宋时代的声音,韩愈苏轼的声音,而不是我们现代的声音。然而直到现在,中国人却还要着这样的旧戏法。人是有的,没有声音,寂寞得很。——人会没有声音的么?没有,可以说:是死了。倘要说得客气一点,那就是:已经哑了。

要恢复这多年无声的中国,是不容易的,正如命令一个死掉的人道:"你活过来!"我虽然并不懂得宗教,但我以为正如想出现一个宗教上之所谓"奇迹"一样。

首先来尝试这工作的是五四运动前一年,胡适之先生所提倡的"文学革命"。"革命"这两个字,在这里不知道可害怕,有些地方是一听到就害怕的。但这和文学两字连起来的"革命",却没有法国革命[③]的"革命"

① 民元革命:即一九一一年的辛亥革命。革命推翻了清王朝,建立中华民国,一九一二年改元为民国元年,故称"民元革命"。

② 指清朝前期康熙、雍正、乾隆三朝多次兴起的大规模文字狱。

③ 法国革命:指一七八九年至一七九四年间进行的法国大革命。

那么可怕，不过是革新，改换一个字，就很平和了，我们就称为“文学革命”罢，中国文字上，这样的花样是很多的。那大意也并不可怕，不过说：我们不必再去费尽心机，学说古代的死人的话，要说现代的活人的话；不要将文章看作古董，要做容易懂得的白话的文章。然而，单是文学革新是不够的，因为腐败思想，能用古文做，也能用白话做。所以后来就有人提倡思想革新。思想革新的结果，是发生社会革新运动。这运动一发生，自然一面就发生反动，于是便酿成战斗……

但是，在中国，刚刚提起文学革新，就有反动了。不过白话文却渐渐风行起来，不大受阻碍。这是怎么一回事呢？就因为当时又有钱玄同先生提倡废止汉字，用罗马字母来替代。这本也不过是一种文字革新，很平常的，但被不喜欢改革的中国人听见，就大不得了了，于是便放过了比较的平和的文学革命，而竭力来骂钱玄同。白话乘了这一个机会，居然减去了许多敌人，反而没有阻碍，能够流行了。

中国人的性情是总喜欢调和，折中的。譬如你说，这屋子太暗，须在这里开一个窗，大家一定不允许的。但如果你主张拆掉屋顶，他们就会来调和，愿意开窗了。没有更激烈的主张，他们总连平和的改革也不肯行。那时白话文之得以通行，就因为有废掉中国字而用罗马字母的议论的缘故。

其实，文言和白话的优劣的讨论，本该早已过去了，但中国是总不肯早早解决的，到现在还有许多无谓的议论。例如，有的说：古文各省人都能懂，白话就各处不同，反而不能互相了解了。殊不知这只要教育普及和交通发达就好，那时就人人都能懂较为易解的白话文；至于古文，何尝各省人都能懂，便是一省里，也没有许多人懂得的。有的说：如果都用白话文，人们便不能看古书，中国的文化就灭亡了。其实呢，现在的人们大可以不必看古书，即使古书里真有好东西，也可以用白话来译出的，用不着那么心惊胆战。他们又有人说，外国尚且译中国书，足见其好，我们自己倒不看么？殊不知埃及的古书，外国人也译，非洲黑人的神话，外国人也译，他们别有用意，即使译出，也算不了怎样光荣的事的。

近来还有一种说法，是思想革新紧要，文字改革倒在其次，所以不如用浅显的文言来做新思想的文章，可以少招一重反对。这话似乎也有理。然而我们知道，连他长指甲都不肯剪去的人，是决不肯剪去他的辫子的。

因为我们说着古代的话，说着大家不明白，不听见的话，已经弄得像一盘散沙，痛痒不相关了。我们要活过来，首先就须由青年们不再说孔子孟子和韩愈柳宗元们的话。时代不同，情形也两样，孔子时代的香港不这样，孔子口调的“香港论”是无从做起的，“吁嗟阔哉香港也”，不过是笑话。

我们要说现代的，自己的话；用活着的白话，将自己的思想，感情直白地说出来。但是，这也要受前辈先生非笑的。他们说白话文卑鄙，没有价值；他们说年青人作品幼稚，贻笑大方。我们中国能做文言的有多少呢，其余的都只能说白话，难道这许多中国人，就都是卑鄙，没有价值的么？至于幼稚，尤其没有什么可羞，正如孩子对于老人，毫没有什么可羞一样。幼稚是会生长，会成熟的，只不要衰老，腐败，就好。倘说待到纯熟了才可以动手，那是虽是村妇也不至于这样蠢。她的孩子学走路，即使跌倒了，她决不至于叫孩子从此躺在床上，待到学会了走法再下地面来的。

青年们先可以将中国变成一个有声的中国。大胆地说话，勇敢地进行，忘掉了一切利害，推开了古人，将自己的真心的话发表出来。——真，自然是不容易的。譬如态度，就不容易真，讲演时候就不是我的真态度，因为我对朋友，孩子说话时候的态度是不这样的。——但总可以说些较真的话，发些较真的声音。只有真的声音，才能感动中国的人和世界的人；必须有了真的声音，才能和世界的人同在世界上生活。

我们试想现在没有声音的民族是那几种民族。我们可听到埃及人的声音？可听到安南，朝鲜的声音？印度除了泰戈尔，别的声音可还有？

我们此后实在只有两条路：一是抱着古文而死掉，一是舍掉古文而生存。

一九二七年二月十六日

（选自《三闲集》）

第八章　鲁迅箴言之文艺与创作

一

文艺是国民精神所发的火光，同时也是引导国民精神的前途的灯火。

《全集》第 1 卷第 240 页

二

生在有阶级的社会里而要做超阶级的作家，生在战斗的时代而要离开战斗而独立，生在现在而要做给与将来的作品，这样的人，实在也是一个心造的幻影，在现实世界上是没有的。

《全集》第 4 卷第 440 页

三

文学有阶级性，在阶级社会中，文学家虽自以为"自由"，自以为超了阶级，而无意识地，也终受本阶级的阶级意识所支配，那些创作，并非别阶级的文化罢了。

《全集》第 4 卷第 205 页

四

伟大的文学是永久的，许多学者们这么说。对啦，也许是永久的罢。但我自己，却与其看薄凯契阿，雨果的书，宁可看契诃夫，高尔基的书，因为它更新，和我们的世界更接近。

《全集》第 6 卷第 219 页

五

文学有普遍性，但有界限；也有较为永久的，但因读者的社会体验而生变化。

《全集》第 5 卷第 531 页

六

我以为文艺大概由于现在生活的感受，亲身所感到的，便影印到文艺中去。

《全集》第 17 卷第 115 页

七

文艺家的话，其实还是社会的话，他不过感觉灵敏，早感到早说出来（有时，他说得太早，连社会也反对他，也排轧他）。

《全集》第 7 卷第 116 页

八

世间只要有权门，一定有恶势力，有恶势力，就一定有二花脸，而且有二花脸艺术。

《全集》第 5 卷第 198 页

九

世间大抵只知道指挥刀所以指挥武士，而不想到也可以指挥文人。

《全集》第 3 卷第 530 页

十

伟大也要有人懂。

《全集》第 6 卷第 220 页

十一

将文字交给一切人。

《全集》第 6 卷第 95 页

十二

大众，是有文学，要文学的，但决不该为文学做牺牲，要不然，他的荒谬和为了保存汉字，要十分之八的中国人做文盲来殉难的活圣贤就并不两样。

《全集》第 6 卷第 98 页

十三

倘要中国文化一同向上，就必须提倡大众语，大众文，而且书法更必须拉丁化。

《全集》第 6 卷第 100 页

十四

忠厚老实的读者或研究者，遇见有两种人的文章，他是会吃冤枉苦头的。一种，是古里古怪的诗和尼采式的短句，以及几年前的所谓未来派的作品……

还有一种，是作者原不过"寻开心"，说的时候本来不当真，说过也就忘记了。

《全集》第 6 卷第 270 页

十五

文艺本应该并非只有少数的优秀者才能够鉴赏，而是只有少数的先天的低能者所不能鉴赏的东西。

倘若说，作品愈高，知音愈少。那么推论起来，谁也不懂的东西，就是世界上的绝作了。

但读者也应该有相当的程度。首先是识字，其次是有普通的大体的知识，而思想和感情，也须大抵达到相当的水平线。否则，和文艺即不能发生关系。若文艺设法俯就，就很容易流为迎合大众，媚悦大众。迎合和媚悦，是不会于大众有益的。

《全集》第 7 卷第 349 页

十六

汇印新作，当然是很好的，但新作必须是精粹的本子，这才可以救读者们的智识的饥荒。就是重印旧作，也并不算坏，不过这旧作必须已是一种带着文献性的本子，这才足供读者们的研究。

《全集》第 6 卷第 231 页

十七

甘为泥土的作者和译者的奋斗，是已经到了万不可缓的时候了，这就是竭力运输些切实的精神的粮食，放在青年们的周围，一面将那些聋哑的制造者送回黑洞和朱门里面去。

《全集》第 5 卷第 278 页

十八

凡作者，和读者因缘愈远的，那作品就于读者愈无害。古典的，反动的，观念形态已经很不相同的作品，大抵即不能打动新的青年的心（但自然也要有正确的指示），倒反可以从中学学描写的本领，作者的努力。

《全集》第 5 卷第 296 页

十九

我并不觉得我有“名”，即使有之，也毫不想因此而作文更加郑重，来维持已有的名，以及别人的信仰。纵使别人以为无聊的东西，只要自以为有聊，且不被暗中禁止阻碍，便总要发表暴露出来，使厌恶滥调的读者看看，可以从速改正误解，不相信我。因为我觉得我若专讲宇宙人生的大话，专刺旧社会给新青年看，希图在若干人们中保存那由误解而来的“信仰”，倒是“欺读者”，而于我是苦痛的。

《全集》第 7 卷第 60 页

二十

革命文学者若不想以他的文学，助革命更加深化，展开，却借革命来推销他自己的“文学”，则革命高扬的时候，他正是狮子身中的害虫，而革命一受难，就一定要发现以前的“良心”，或以“孝子”之名，或以“人道”之名，或以“比正在受难的革命更加革命”之名，走出阵线之外，好则沉默，坏就成为叭儿的。

《全集》第 5 卷第 182 页

二十一

革命时代总要有许多文艺家萎黄，有许多文艺家向新的山崩地塌般的大波冲进去，乃仍被吞没，或者受伤。被吞没的消灭了；受伤的生活着，开拓着自己的生活，唱着苦痛和愉悦之歌。待到这些逝去了，于是现出一个较新的新时代，产出更新的文艺来。

《全集》第 3 卷第 343 页

二十二

至于文人，则不但要以热烈的憎，向“异己”者进攻，还得以热烈的憎，向“死的说教者”抗战。

《全集》第 6 卷第 405 页

二十三

没有冲破一切传统思想和手法的闯将，中国是不会有真的新文艺的。

《全集》第 1 卷第 241 页

二十四

说话说到有人厌恶，比起毫无动静来，还是一种幸福。

【坟·题记】

二十五

无产者文学是为了以自己们之力，来解放本阶级并及一切阶级而斗争的一翼，所要的是全般，不是一角的地位。

《全集》第 4 卷第 208 页

二十六

各种文学，都是应环境而产生的，推崇文艺的人，虽喜欢说文艺以煽起风波来，但在事实上，却是政治先行，文艺后变。倘以为文艺可以改变环境，那是“唯心”之谈，事实的出现，并不如文学家所豫想。

《全集》第 4 卷第 134 页

二十七

战斗的作者应该注重于“论争”；倘在诗人，则因为情不可遏而愤怒，而笑骂，自然也无不可。但必须止于嘲笑，止于热骂，而且要“喜笑怒骂，皆成文章”，使敌人因此受伤或致死，而自己并无卑劣的行为，观者也不以为污秽，这才是战斗的作者的本领。

《全集》第 4 卷第 453 页

二十八

我是不相信文艺的旋乾转坤的力量的，但倘有人要在别方面应用他，我以为也可以。譬如“宣传”就是。

《全集》第 4 卷第 83 页

二十九

……时代是在不息地进行，现在新的，年青的，没有名的作家的作品站在这里了，以清醒的意识和坚强的努力，在榛莽中露出了日见生长的健壮的新芽。

自然，这，是很幼小的。但是，惟其幼小，所以希望就正在这一面。

《全集》第 4 卷第 308 页

三十

文艺必须有批评；批评如果不对了，就得用批评来抗争，这才能够使文艺和批评一同前进，如果一律掩住嘴，算是文坛已经干净，那所得的结果倒是要相反的。

《全集》第 5 卷第 551 页

三十一

凡论文艺，虚悬了一个“极境”，是要陷入“绝境”的，在艺术，会迷惘于土花，在文学，则被拘迫而“摘句”。但“摘句”又大足以困人。

《全集》第 6 卷第 428 页

三十二

要论作家的作品，必须兼想到周围的情形。

《全集》第 6 卷第 452 页

三十三

倘要论文，最好是顾及全篇，并且顾及作者的全人，以及他所处的社会状态，这才较为确凿。

《全集》第 6 卷第 430 页

三十四

指英雄为英雄，说娼妇是娼妇，表面上虽像捧与骂，实则说得刚刚合式，不能责备批评家的。批评家的错处，是在乱骂与乱捧，例如说英雄是娼妇，举娼妇是英雄。

《全集》第 5 卷第 585 页

三十五

艺术的前进，还要别的文化工作的协助，某一文化部门，要某一专家唱独脚戏来提得特别高，是不妨空谈，却难做到的事，所以专责个人，那立论的偏颇和偏重环境的是一样的。

《全集》第 6 卷第 24 页

三十六

文艺家至少是须有直抒己见的诚心和勇气的，倘不肯吐露本心，就更谈不到什么意识。

《全集》第 4 卷第 147 页

三十七

正确的文学观是不骗人的，凡所指摘，自有他们自己来证明。

《全集》第 8 卷第 380 页

三十八

“文学家”倘不用事实来证明他已经改变了他的夸大，装腔，撒谎……的老脾气，则即使对天立誓，说是从此要十分正经，否则天诛地灭，也还是徒劳的。

《全集》第 5 卷第 57 页

三十九

有人说文学家是很高尚的，我却不相信与吃饭问题无关，不过，我又以为文学与吃饭问题有关也不打紧，只要能比较的不帮忙不帮闲就好。

《全集》第 7 卷第 384 页

四十

美术家固然须有精熟的技工，但尤须有进步的思想与高尚的人格。他的制作，表面上是一张画或一个雕像，其实是他的思想与人格的表现。令我们看了，不但欢喜赏玩，尤能发生感动，造成精神上的影响。

《全集》第 1 卷第 330 页

四十一

以文笔作生活，是世界上最苦的职业。

《全集》第 8 卷第 393 页

四十二

人体有胖和瘦，在理论上，是该能有不胖不瘦的第三种人的，然而事实上却并没有，一加比较，非近于胖，就近于瘦。文艺上的“第三种人”也一样，即使好像不偏不倚罢，其实总是有些偏向的，平时有意的或无意的遮掩起来，而一遇切要的事故，它便会分明的显现。

《全集》第 4 卷第 534 页

四十三

地球上不只一个世界，实际上的不同，比人们空想中的阴阳两界还厉害。这一世界中人，会轻蔑，憎恶，压迫，恐怖，杀戮别一世界中人，然而他不知道，因此他也写不出，于是他自称“第三种人”，他“为艺术而艺术”……不要骗人罢！你们的眼睛在哪里呢？

《全集》第 6 卷第 219 页

四十四

文章本来有两种：一种是看得懂的，一种是看不懂的。假若你看不懂就自恨浅薄，那就是上当了。

《全集》第 7 卷第 386 页

四十五

作者的可靠的自叙和比较明白的画家和漫画家所作的肖像，是帮助读者想知道一个作家的大略的利器。

《全集》第 10 卷第 454 页

四十六

作品，总是有些缺点的。

《全集》第 5 卷第 562 页

四十七

幼稚对于老成，有如孩子对于老人，决没有什么耻辱；作品也一样，起初幼稚，不算耻辱的。

《全集》第 1 卷第 168 页

四十八

一切作品，诚然大抵很致力于优美，要舞得“翩跹回翔”，唱得“宛转抑扬”，然而所感觉的范围却颇为狭窄，不免咀嚼着身边的小小悲欢，而且就看这小悲欢为全世界。

《全集》第 6 卷第 242 页

四十九

麻醉性的作品，是将与麻醉者和被麻醉者同归于尽的。

《全集》第 4 卷第 576 页

五十

如果貌似讽刺的作品，而毫无善意，也毫无热情，只使读者觉得一切世事，一无足取，也一无可为，那就并非讽刺了，这便是所谓“冷嘲”。

《全集》第 6 卷第 329 页

五十一

讽刺作者虽然大抵为被讽刺者所憎恨，但他却常常是善意的，他的讽刺，在希望他们改善，并非要捺这一群到水底里。

《全集》第 6 卷第 329 页

五十二

诗歌不能凭仗了哲学和智力来认识，所以感情已经冰结的思想家，即对于诗人往往有谬误的判断和隔膜的揶揄。

《全集》第 7 卷第 236 页

五十三

世间本没有别的言说，能比诗人以语言文字画出自己的心和梦，更为明白晓畅的了。

《全集》第 10 卷第 209 页

五十四

诗须有形式，要易记，易懂，易唱，动听，但格式不要太严。要有韵，但不必依旧诗韵，只要顺口就好。

《全集》第 13 卷第 220 页

五十五

我是爱读杂文的一个人，而且知道爱读杂文还不只我一个，因为它"言之有物"。我还更乐观于杂文的开展，日见其斑斓。

《全集》第 6 卷第 293 页

五十六

比起高大的天文台来，"杂文"有时确很像一种小小的显微镜的工作，也照秽水，也看脓汁，有时研究淋菌，有时解剖苍蝇。从高超的学者看来，是渺小，污秽，甚而至于可恶的，但在劳作者自己，却也是一种"严肃的工作"，和人生有关，并且也不十分容易做。

《全集》第 8 卷第 376 页

五十七

生存的小品文，必须是匕首，是投枪，能和读者一同杀出一条生存的血路的东西；但自然，它也能给人愉快和休息，然而这并不是“小摆设”，更不是抚慰和麻痹，它给人的愉快和休息是休养，是劳作和战斗之前的准备。

《全集》第 4 卷第 577 页

五十八

漫画的第一件紧要事是诚实，要确切的显示了事件或人物的姿态，也就是精神。

《全集》第 6 卷第 233 页

五十九

漫画要使人一目了然，所以那最普通的方法是“夸张”，但又不是胡闹。

《全集》第 6 卷第 233 页

六十

漫画虽然有夸张，却还是要诚实。

《全集》第 6 卷第 234 页

六十一

人是进化的长索子上的一个环，木刻和其他的艺术也一样，它在这长路上尽着环子的任务，助成奋斗，向上，美化的诸种行动。

《全集》第 13 卷第 163 页

六十二

自然，人类最好是彼此不隔膜，相关心。然而最平正的路，却只有用文艺来沟通，可惜走这条道路的人又少得很。

《全集》第6卷第524页

六十三

我敢将唾沫吐在生长在旧道德和新的不道德里，借了新艺术的名而发挥其本来的旧的不道德的少年的脸上。

《全集》第8卷第116页

六十四

听说：中国的好作家是大抵“悔其少作”的，他在自定集子的时候，就将少年时代的作品尽力删除，或者简直全部烧掉。我想，这大约和现在的老成的少年，看见他婴儿时代的出屁股，衔手指的照相一样，自愧其幼稚，因而觉得有损于他现在的尊严，——于是以为倘使可以隐蔽，总还是隐蔽的好。但我对于自己的“少作”，愧则有之，悔却从来没有过。出屁股，衔手指的照相，当然是惹人发笑的，但自有婴年的天真，决非少年以至老年所能有况且如果少时不作，到老恐怕也未必就能作，又怎么还知道悔呢？

《全集》第7卷第3页

六十五

中国的做人虽然很难，我的敌人（鬼鬼祟祟的）也太多，但我若存在一日，终当为文艺尽力，试看新的文艺和压制者保护之下的狗屁文艺，谁先成为烟埃。……无论如何，将来总归是我们的。

《全集》第12卷第35页

六十六

创作翻译和批评，我没有研究过等次，但我都给以相当的尊重。

《全集》第 8 卷第 150 页

六十七

我希望着能够看见学术上，或文艺上的大著作。

《全集》第 5 卷第 432 页

六十八

我从别国里窃得火来(指翻译马列主义著作)，本意却在煮自己的肉的，以为倘能味道好，庶几在咬嚼者那一面也得到较多的好处，我也不枉费了身躯。

《全集》第 4 卷第 209 页

六十九

无论中外古今，文坛上是总归有些混乱，使文雅书生看得要“悲观”的。但也总归有许多所谓文人和文章者也一定灭亡，只有配存在者终于存在，以证明文坛也总归还是干净的处所。

《全集》第 5 卷第 247 页

七十

历史决不倒退，文坛是无须悲观的。悲观的由来，是在置身事外不辨是非，而偏要关心于文坛，或者竟是自己坐在没落的营盘里。

《全集》第 5 卷第 248 页

七十一

中国今日冀以学术干世，难也。

《全集》第8卷第327页

七十二

外国的平易地讲述学术文艺的书，往往夹杂些闲话或笑谈，使文章增添活气，读者感到格外的兴趣，不易于疲倦。但中国的有些译本，却将这些删去，单留下艰难的讲学语，使他复近于教科书。这正如折花者，除尽枝叶，单留花朵，折花固然是折花，然而花枝的活气却灭尽了。人们到了失去余裕心，或不自觉地满抱了不留余地心时，这民族的将来恐怕就可虑。

《全集》第3卷第16页

七十三

创作是并没有什么秘诀，能够交头接耳，一句话就传授给别一个的，倘不然，只要有这秘诀，就真可以登广告，收学费，开一个三天包成文豪学校了。以中国之大，或者也许会有罢，但是，这其实是骗子。

《全集》第6卷第311页

七十四

凡是有志于创作的青年，第一个想到的问题，大概总是“应该怎样写？”……

在不难推想而知的种种答案中，大概总该有一个是“多看大作家的作品”。这恐怕也很不能满文学青年的意，因为太宽泛，茫无边际——然而倒是切实的。凡是已有定评的大作家，他的作品，全部就说明着“应该怎样写”。

《全集》第 6 卷第 311 页

七十五

文章应该怎样做，我说不出来，因为自己的作文，是由于多看和练习，此外并无心得或方法的。

《全集》第 13 卷第 162 页

七十六

我想，普遍，永久，完全，这三件宝贝，自然是了不得的，不过也是作家的棺材钉，会将他钉死。

《全集》第 6 卷第 147 页

七十七

我们的病痘，是他们的宝贝，他们的敌人，当然是我们的朋友了。

【南腔北调集·我们不再受骗了】

七十八

人感到寂寞时，会创作；一感到干净时，即无创作，他已经一无所爱。

创作总根于爱。

杨朱无书。

创作虽说抒写自己的心，但总愿意有人看。

创作是有社会性的。但有时只要有一个人看便满足：好友，爱人。

《全集》第 3 卷第 532 页

七十九

古人所谓“穷愁著书”的话，是不大可靠的。穷到透顶，愁得要死的人，那里还有这许多闲情逸致来著书？我们从来没有见过候补的饿殍生沟壑边吟哦；鞭扑底下的囚徒所发出来的不过是直声的叫喊，决不会用一篇妃红俪白的骈体文来诉痛苦的。

《全集》第 3 卷第 68 页

八十

读书人家的子弟熟悉笔墨，木匠的孩子会玩斧凿，兵家儿早识刀枪，没有这样的环境和遗产，是中国的文学青年的先天的不幸。

《全集》第 6 卷第 312 页

八十一

采用外国的良规，加以发挥，使我们的作品.更加丰满是一条路；择取中国的遗产，融合新机，使将来的作品别开生面也是一条路。

《全集》第 6 卷第 48 页

八十二

一有所感，倘不立刻写出，就忘却，因为会习惯。

《全集》第 7 卷第 48 页

八十三

创作，第一须观察，第二是要看别人的作品，但不要专看一个人的作品，以防被他束缚住，必须博采众家，取其所长，这才后来能够独立。

【鲁迅书信集 · 致董永舒】

八十四

旧形式是采取，必有所删除，既有删除，必有所增益，这结果是新形式的出现，也就是变革。

【且介亭杂文·论“旧形式的采用”】

八十五

没有拿来的，人不能自成为新人；没有拿来的，文艺不能自成为新文艺。

【且介亭杂文·拿来主义】

八十六

世界文学史，是用了文学的眼睛看，而不用势利的眼睛看。

【且介亭杂文二集·“题未定”草三】

八十七

文化的改革如长江大河的流行，无法遏止，假使能够遏止，那就成为死水，纵不干涸，也必腐败的。

【且介亭杂文二集·从“别字”说开去】

八十八

虽然创作，我以为作者也得加以这样的区别。一面尽量的输入，一面尽量的消化，吸收，回用的传下去了，渣滓就听他剩落在过去里。

【二心集·关于翻译的通信】

八十九

那作品，像太阳的光一样，从无量的光源中涌出来，不像石火，用铁和石敲出来，这才是真艺术。

【彷徨·幸福的家庭】

九十

我力避行文的唠叨，只要觉得够将意思传给别人了，就宁可什么陪衬拖带也没有。

【南腔北调集·我怎么做起小说来】

九十一

现在的文学也一样，有地方色彩的，倒容易成为世界的，即为别国所注意。

【鲁迅书信集·致陈烟桥】

九十二

文学的修养，决不能使人变成木石，所以文人还是人，既然还是人，他心里就仍然有是非，有爱憎；但又因为是文人，他的是非就愈分明，爱憎也愈热烈。

【且介亭杂文二集·再论“文人相轻”】

九十三

一切文艺固是宣传，而一切宣传却并非全是文艺，这正如一切花皆有色，而凡颜色未必都是花一样。

【三闲集·文艺与革命】

九十四

提口号，发空论，都十分容易办。但在批评上应用，在创作上实现，就有问题了。

【且介亭杂文附集·论现在我们的文学运动】

九十五

“讽刺”的生命是真实；不必是曾有的实事，但必须是会有的实情。

【且介亭杂文二集·什么是“讽刺”】

九十六

好的文艺作品，向来多是不受别人命令，不顾利害，自然而然地从心中流露的东西。

【而已集·革命时代的文学】

九十七

批评这东西，对于读者，至少对于和这批评家趣旨相近的读者，是有用的。

【而已集·读书杂谈】

九十八

可省的处所，我决不硬添，做不出的时候，我也决不硬做。

【南腔北调集·我怎么做起小说来】

九十九

选材要严，开掘要深，不可将一点琐屑的没有意思的事故，便填成一篇，以创作丰富自乐。

【二心集·关于小说题材的通信】

一百

应该立定格局之后，一直写下去，不管修辞，也不要回头看。等到成后，搁它几天，然后再来复看，删去若干，改换几字。在创作的涂中，一面练字，真要把感兴打断的。

【鲁迅书信集·致叶紫】

一零一

虽然写的多是刺，也还要些和平的心。

【华盖集续编·无花的蔷薇】

一零二

为了大众，力求易懂，也正是前进的艺术家的正确的努力。

【且介亭杂文·论“旧形式的采用”】

一零三

将活人的唇舌作为源泉，使文章更加接近语言，更加有生气。

【坟·写在《坟》后面】

一零四

如果工人农民不解放，工人农民的思想，仍然是读书人的思想，必待工人农民得到真正的解放，然后才有真正的平民文学。

【而已集·革命时代的文学】

一零五

是的，为人类的艺术，别的力量是阻挡不住的。

【且介亭杂文末编·写于深夜里】

一零六

文艺是国民精神所发的火光，同时也是引导国民精神的前途的灯火。

【坟·论睁了眼看】

一零七

有真意，去粉饰，少做作，勿卖弄。

【南腔北调集·作文秘诀】

一零八

从喷泉里出来的都是水，从血管里出来的都是血。

【而已集·革命文学】

一零九

中国的文人，对于人生，至少对于社会现象，向来就多没有正视的勇气。

【坟·论睁了眼看】

一一零

留心各样的事情，多看看，不看到一点就写。

【二心集·答北斗杂志社问】

一一一

写完后至少要看两遍，竭力将可有可无的字、句、段删去，毫不可惜。

【二心集·答北斗杂志社问】

一一二

我们所需要的，……坚实的，明白的，真懂得社会科学及其文艺理论的批评家。

【二心集·我们要批评家】

一一三

以学者或诗人的招牌,来批评或介绍一个作者,开初是很能够蒙混旁人的,但待到旁人看清了这作者的真相的时候,却剩了他自己的不诚恳,或学识的不够了。

【花边文学·骂杀与捧杀】

一一四

你无论遇见谁,应该赶紧打拱作揖,让坐献茶,连称"久仰久仰"才是。这自然也许未必全无好处,但做文人做到这地步,不是很有些近乎婊子了么?

【且介亭杂文二集·再论"文人相轻"】

一一五

我做完之后,总要看两遍,自己觉得拗口的,就增删几个字,一定要它读得顺口,没有相宜的白话,宁可引古语,希望总有人会懂,只有自己懂得或连自己也不懂的生造出来的字句,是不大用的。

【南腔北调集·我怎么做起小说来】

一一六

批评家若不就事论事,而说些应当去如此如彼,是溢出于事权以外的事,因为这类言语,是商量教训而不是批评。

【热风·对于批评家的希望】

一一七

独有靠了一两本“西方”的旧批评论，或则捞一点头脑板滞的先生们的唾余，或则仗着中国固有的什么天经地义之类的，也到文坛上来践踏，则我以为委实太滥用了批评的权威。

【热风·对于批评家的希望】

一一八

批评文艺，万不能以眼泪的多少来定是非。文艺界可以收到创作家的眼泪，而沾了批评家的眼泪却是污点。

【热风·反对“含泪”的批评家】

一一九

评批必须坏处说坏，好处说好，才于作者有益。

【南腔北调集·我怎么做起小说来】

一二零

我总以为倘要论文，最好是顾及全篇，并且顾及作者的全人，以及他所处的社会状态，这才较为确凿。要不然，是很容易近乎说梦的。

【且介亭杂文二集·“题未定”草七】

一二一

加以导引，正是前进的艺术家的正确的任务；为了大众，力求易懂，也正是前进的艺术家正确的努力。

【且介亭杂文·论“旧形式的采用”】

一二二

世界上也有这许多和我们的劳苦大众同一运命的人，而有些作家正在为此而呼号，而战斗。

【集外集拾遗·英译本《短篇小说选集》自序】

一二三

必须如蜜蜂一样，采过许多花，这才能酝出蜜来，倘若叮在一处，所得就非常有限，枯燥了。

【鲁迅书信集·给颜黎民的信】

一二四

如果貌似讽刺的作品，而毫无善意，也毫无热情，只使读者觉得一切世事，一无足取，也一无可为，那就并非讽刺了，这便是所谓“冷嘲”。

【且介亭杂文二集·什么是“讽刺”】

一二五

文学虽然有普遍性，但因读者的体验的不同而有变化，读者倘没有类似的体验，它也就失去了效力。

【花边文学·看书琐记】

一二六

既有消费者，必有生产者，所以一面有消费者的艺术，一面也有生产者的艺术。

【且介亭杂文·论“旧形式的采用”】

一二七

若向百姓问孔夫子是什么，他们自然回答是圣人，然而这不过是权势者的留声机。

【且介亭杂文二集·在现代中国的孔夫子】

一二八

人说，讽刺和冷嘲只隔一张纸，我以为有趣和肉麻也一样。

【朝花夕拾·后记】

一二九

悲剧将人生的有价值的东西毁灭给人看，喜剧将那无价值的撕破给人看，讥讽又不过是喜剧的变简的一支流。

【坟·再论雷峰塔的倒掉】

一三零

讽刺作者虽然大抵为被讽刺者所憎恨，但他却常常是善意的，他的讽刺，在希望他们改善，并非要捺这一群于水底里。

【且介亭杂文二集·什么是“讽刺”】

一三一

采取，并非断片古董的杂陈，必须溶化于新作品中，那是不必赘说的事，恰如吃用牛羊，弃去蹄毛，留其精粹，以滋养及发达新的生体，决不因此就会“类乎”牛羊的。

【且介亭杂文·论“旧形式的采用”】

一三二

创作虽说抒写自己的心，但总愿意有人看。创作是有社会性的。但有时只要有一个人看便满足：好友，爱人。

【而已集·小杂感】

一三三

旧形式的采取，或者必须说新形式的探求，都必须艺术学徒的努力的实践，但理论家或批评家是同有指导，评论，商量的责任的，不能只斥他交代未清之后，便可逍遥事外。

【且介亭杂文·论“旧形式的采用”】

一三四

我们的批评常流于标准太狭窄，看法太肤浅；我们的创作也常现出近于出题目做八股的弱点。

【且介亭杂文附集·论现在我们的文学运动】

一三五

没有冲破一切传统思想和手法的闯将，中国是不会有真的新文艺的。

【坟·论睁了眼看】

一三六

各种文学，都是应环境而产生的，推崇文艺的人，虽喜欢说文艺足以煽起风波来，但在事实上，却是政治先行，文艺后变。

【三闲集·现今的新文学的概观】

一三七

作者写出创作来，对于其中的事情，虽然不必亲历过，最好是经历过。

【且介亭杂文二集·叶紫作《丰收》序】

一三八

文艺家是不会抛弃社会的，他们是站在民众里面的。

【三闲集·文艺与革命】

一三九

诗文也是人事，既有诗，就可以知道于世事未能忘情。

【而已集·魏晋风度及文章与药及酒之关系】

一四零

文人虽因捐班或互捧，很快的成名，但为了出力的吹，壳子大了，里面反显得更加空洞。

【准风月谈，由聋而哑】

一四一

我们需要的，不是作品后面添上去的口号和矫作的尾巴，而是那全部作品中的真实的生活，生龙活虎的战斗，跳动的脉搏，思想和热情，等等。

【且介亭杂文附集·论现在我们的文学运动】

一四二

凡是翻译，必须兼顾着两面，一当然力求其易解，一则保存着原作的丰姿。

【且介亭杂文二集·“题未定”草二】

一四三

注重翻译，以作借镜，其实也就是催进和鼓励着创作。

【准风月谈·关于翻译】

一四四

作品，总是有些缺点的。孔雀翘起尾巴，光辉灿烂，但后面的屁股眼也露出来了。

【花边文学·商贾的批评】

一四五

如果还是翻译，那么，首先的目的，就在博览外国的作品，不但移情，也要益智，至少是知道何地何时，有这等事，和旅行外国，是很相像的：它必须有异国情调，就是所谓洋气。

【且介亭杂文二集·“题未定”草二】

一四六

为现在作一面明镜，为将来留一种记录。

【三闲集·叶永蓁作《小小十年》小引】

一四七

仅仅有叫苦鸣不平的文学时，这个民族还没有希望，因为止于叫苦和鸣不平。

【而已集·革命时代的文学】

一四八

文学与社会之关系，先是它敏感的描写社会，倘有力，便又一转而影响社会，使有变革。这正如芝麻油原从芝麻打出，取以浸芝麻，就使它更油一样。

【鲁迅书信集·给徐懋庸的信】

一四九

就是立有了新形式罢，当然不会就是很高的艺术。

【且介亭杂文·论“旧形式的采用”】

一五零

麻醉性的作品，是将与麻醉者和被麻醉者同归于尽的。

【南腔北调集·小品文的危机】

一五一

在文艺批评上要比眼力，也总得先有那块扁额挂起来才行。空空洞洞的争，实在只有两面自己心里明白。

【三闲集·扁】

一五二

这些杂文和现在切贴，而且生动，泼剌，有益，而且能移人情。

【且介亭杂文二集·徐懋庸作《打杂集》序】

一五三

所写的事迹，大抵有一点见过或听到过的缘由，但决不全用这事实，只是采取一端，加以改造，或生发开去，到足以几乎完全发表我的意思为止。

【南腔北调集·我怎么做起小说来】

一五四

“懂”是最要紧的，而且能懂的图画，也可以仍然是艺术。

【且介亭杂文·连环图画琐谈】

一五五

一个人做事不专，这样弄一点，那样弄一点，既要翻译，又要做小说，还要做批评，并且也要做诗，这怎么弄得好呢？

【二心集·对于左翼作家联盟的意见】

一五六

必须止于嘲笑，止于热骂，而且要“喜笑怒骂，皆成文章”，使敌人因此受伤或致死，而自己并不卑劣的行为，观者也不以为污秽，这才是战斗的作者的本领。

【南腔北调集·辱骂和恐吓决不是战斗】

一五七

文人不应该随和，而且文人也不会随和，会随和的，只有和事佬。

【且介亭杂文二集·再论“文人相轻”】

一五八

他现为批评家而说话的时候，就随便捞到一种东西以驳诘相反的东西。……反对和平论时用阶级争斗说，反对斗争时就主张人类之爱。论敌是唯心论者呢，他的立场是唯物论，待到和唯物论者相辩难，他却又化为唯心论者了。

【二心集·非革命的急进革命论者】

一五九

弄文艺的人大抵敏感，时时也感到，而且防着自己的没落，如漂浮在大海里一般，拼命向各处抓攫。

【三闲集·“醉眼”中的朦胧】

一六零

创作家不妨毫不理会文学史或理论，文学家也不妨做不出一句诗。然而中国社会上还很误解，你做几篇小说，便以为你一定懂得小说理论，做几句新诗，就让你讲诗之原理。

【而已集·读书杂谈】

文学鉴赏

我怎么做起小说来[①]

我怎么做起小说来？——这来由，已经在《呐喊》的序文上，约略说过了。这里还应该补叙一点的，是当我留心文学的时候，情形和现在很不同：在中国，小说不算文学，做小说的也决不能称为文学家，所以并没有人想在这一条道路上出世。我也并没有要将小说抬进"文苑"里的意思，不过想利用他的力量，来改良社会。

但也不是自己想创作，注重的倒是在绍介，在翻译，而尤其注重于短篇，特别是被压迫的民族中的作者的作品。因为那时正盛行着排满论，有些青年，都引那叫喊和反抗的作者为同调的。所以"小说作法"之类，我一部都没有看过，看短篇小说却不少，小半是自己也爱看，大半则因了搜寻绍介的材料。也看文学史和批评，这是因为想知道作者的为人和思想，以便决定应否绍介给中国。和学问之类，是绝不相干的。

因为所求的作品是叫喊和反抗，势必至于倾向了东欧，因此所看的俄国，波兰以及巴尔干诸小国作家的东西就特别多。也曾热心的搜求印度，埃及的作品，但是得不到。记得当时最爱看的作者，是俄国的果戈理(N. Gogol)和波兰的显克微支(H. Sienkiewitz)。日本的，是夏目漱石[②]和森鸥外[③]。

回国以后，就办学校，再没有看小说的工夫了，这样的有五六年。为什么又开手了呢？——这也已经写在《呐喊》的序文里，不必说了。但我

---

① 本篇最初印入一九三三年六月上海天马书店出版的《创作的经验》一书。

② 夏目漱石(1867—1916)：日本小说家，代表作有长篇小说《我是猫》、中篇小说《哥儿》等。

③ 森鸥外(1862—1922)：日本小说家、文学评论家。代表作有小说《舞姬》等。鲁迅翻译过他的《游戏》和《沉默之塔》两个短篇。

的来做小说，也并非自以为有做小说的才能，只因为那时是住在北京的会馆[①]里的，要做论文罢，没有参考书，要翻译罢，没有底本，就只好做一点小说模样的东西塞责，这就是《狂人日记》。大约所仰仗的全在先前看过的百来篇外国作品和一点医学上的知识，此外的准备，一点也没有。

但是《新青年》的编辑者，却一回一回的来催，催几回，我就做一篇，这里我必得记念陈独秀先生，他是催促我做小说最着力的一个。

自然，做起小说来，总不免自己有些主见的。例如，说到"为什么"做小说罢，我仍抱着十多年前的"启蒙主义"，以为必须是"为人生"，而且要改良这人生。我深恶先前的称小说为"闲书"，而且将"为艺术的艺术"，看作不过是"消闲"的新式的别号。所以我的取材，多采自病态社会的不幸的人们中，意思是在揭出病苦，引起疗救的注意。所以我力避行文的唠叨，只要觉得够将意思传给别人了，就宁可什么陪衬拖带也没有。中国旧戏上，没有背景，新年卖给孩子看的花纸上，只有主要的几个人（但现在的花纸却多有背景了），我深信对于我的目的，这方法是适宜的，所以我不去描写风月，对话也决不说到一大篇。

我做完之后，总要看两遍，自己觉得拗口的，就增删几个字，一定要它读得顺口；没有相宜的白话，宁可引古语，希望总有人会懂，只有自己懂得或连自己也不懂的生造出来的字句，是不大用的。这一节，许多批评家之中，只有一个人看出来了，但他称我为 Stylist[②]。

所写的事迹，大抵有一点见过或听到过的缘由，但决不全用这事实，只是采取一端，加以改造，或生发开去，到足以几乎完全发表我的意思为止。人物的模特儿也一样，没有专用过一个人，往往嘴在浙江，脸在北京，衣服在山西，是一个拼凑起来的脚色。有人说，我的那一篇是骂谁，某一篇又是骂谁，那是完全胡说的。

不过这样的写法，有一种困难，就是令人难以放下笔。一气写下去，这人物就逐渐活动起来，尽了他的任务。但倘有什么分心的事情来一打

① 北京的会馆：指宣武门外南半截胡同的"绍兴县馆"。鲁迅曾于一九一二年五月至一九一九年十一月在此寄住。

② Stylist：英语，文体家。

岔，放下许久之后再来写，性格也许就变了样，情景也会和先前所豫想的不同起来。例如我做的《不周山》，原意是在描写性的发动和创造，以至衰亡的，而中途去看报章，见了一位道学的批评家攻击情诗的文章[①]，心里很不以为然，于是小说里就有一个小人物跑到女娲的两腿之间来，不但不必有，且将结构的宏大毁坏了。但这些处所，除了自己，大概没有人会觉到的，我们的批评大家成仿吾先生，还说这一篇做得最出色。

我想，如果专用一个人做骨干，就可以没有这弊病的，但自己没有试验过。

忘记是谁说的了，总之是，要极省俭的画出一个人的特点，最好是画他的眼睛。[②] 我以为这话是极对的，倘若画了全副的头发，即使细得逼真，也毫无意思。我常在学学这一种方法，可惜学不好。

可省的处所，我决不硬添，做不出的时候，我也决不硬做，但这是因为我那时别有收入，不靠卖文为活的缘故，不能作为通例的。

还有一层，是我每当写作，一律抹杀各种的批评。因为那时中国的创作界固然幼稚，批评界更幼稚，不是举之上天，就是按之入地，倘将这些放在眼里，就要自命不凡，或觉得非自杀不足以谢天下的。批评必须坏处说坏，好处说好，才于作者有益。

但我常看外国的批评文章，因为他于我没有恩怨嫉恨，虽然所评的是别人的作品，却很有可以借镜之处。但自然，我也同时一定留心这批评家的派别。

以上，是十年前的事了，此后并无所作，也没有长进，编辑先生要我做一点这类的文章，怎么能呢。拉杂写来，不过如此而已。

三月五日灯下

（选自《南腔北调集》）

---

① 此处一位道学的批评家指胡梦华，他在一九二二年十月二十四日的《时事新报·学灯》上发表《读了〈蕙的风〉以后》，批评汪静之的诗集《蕙的风》，认为其中某些情诗“堕落轻薄”，有“不道德的嫌疑”。

② 此语出自东晋画家顾恺之之口。

第九章　鲁迅箴言之杂谈

一

政治家最不喜欢人家反抗他的意见，最不喜欢人家要想，要开口。

《全集》第 7 卷第 113 页

二

谣言这东西，却确是造谣者本心所希望的事实，我们可以借此看看一部分人的思想和行为。

《全集》第 3 卷第 288 页

三

造谣撒谎，不过越加暴露了卑怯的叭儿本相而已。

《全集》第 12 卷第 488 页

四

墨写的谎说，决掩不住血写的事实。

《全集》第 3 卷第 263 页

五

无论如何，“流言”总不能吓哑我的嘴。

《全集》第 3 卷第 83 页

六

“流言”本是畜类的武器，鬼蜮的手段，实在应该不信它。

《全集》第3卷第76页

七

笑里可以有刀，自称酷爱和平的人民，也会有杀人不见血的武器，那就是造谣言。但一面害人，一面也害己，弄得彼此懵懵懂懂。

《全集》第4卷第595页

八

非写实决不能成为所谓“讽刺”；非写实的“讽刺”，即使能有这样的东西，也不过是造谣和诬蔑而已。

《全集》第6卷第278页

九

对于谣言，我是不会懊恼了，如果懊恼，每月就得懊恼几回，也未必活到现在了。大约这种境遇是可以练习惯的，后来就毫不要紧。倘有谣言，自己就懊恼，那就中了造谣者的计了。

《全集》第13卷第179页

十

谣言世家的子弟，是以谣言杀人，也以谣言被杀的。

《全集》第4卷第595页

十一

激烈得快的，也平和得快，甚至于也颓废得快。

【二心集·上海文艺之一瞥】

十二

在对于真的谣言，毫不为怪的社会里，对于真的收贿，也就毫不为怪。如果收贿会受制裁的社会，也就要制裁妄造收贿的谣言的人们。

《全集》第 6 卷第 450 页

十三

假如指着一个人，说道：这是婊子！如果她是良家，那就是谩骂；倘使她实在是做卖笑生涯的，就并不是谩骂，倒是说了真实。

《全集》第 5 卷第 430 页

十四

谩骂固然冤屈了许多好人，但含含胡胡的扑灭“谩骂”，却包庇了一切坏种。

《全集》第 5 卷第 431 页

十五

辱骂和恐吓决不是战斗。

《全集》第 4 卷第 451 页

十六

“讽刺”的生命是真实，不必是曾有的实事，但必须是会有的实情。所以它不是“捏造”，也不是“诬蔑”；既不是“揭发阴私”，又不是专记骇人听闻的所谓“奇闻”或“怪现状”。它所写的事是公然的，也是常见的，平时是谁都不以为奇的，而且自然是谁都毫不注意的。

《全集》第 6 卷第 328 页

十七

讽刺家，是危险的。

《全集》第 5 卷第 42 页

十八

公正的世评使人谦逊，而不公正或流言式的世评，则使人傲慢或冷嘲，否则，他一定要愤死或被逼死的。

《全集》第 10 卷第 277 页

十九

人自以为"公平"的时候，就已经有些醉意了。

《全集》第 3 卷第 125 页

二十

假如是一个腐败的社会，则从他所发生的当然只有腐败的舆论，如果引以为鉴，来改正自己，则其结果，即非同流合污，也必变成圆滑。

《全集》第 10 卷第 277 页

二十一

凡是倒掉的，决不是因为骂，却只为揭穿了假面。揭穿假面，就是指出了实际来，就不能混谓之骂。

《全集》第 6 卷第 227 页

二十二

预言颇有点难。说得近一些，容易露破绽。

《全集》第 6 卷第 389 页

二十三

预言总是诗，而诗人大半是预言家。然而预言不过诗而已，诗却往往比预言还灵。

《全集》第 5 卷第 227 页

二十四

预言的妙处，正在似懂非懂之间，叫人在事情完全应验之后，方才“恍然大悟”。这所谓“天机不可泄漏也”。

《全集》第 5 卷第 228 页

二十五

古时候的真话，到现在就有些变成了谎话。

《全集》第 6 卷第 367 页

二十六

“幽默”或“玩笑”，也都要生出结果来的，除非你心知其意，只当它“玩笑”看。

《全集》第 5 卷第 526 页

二十七

用玩笑来应付敌人，自然也是一种好战法，但触着之处，须是对手的致命伤，否则，玩笑终不过是一种单单的玩笑而已。

《全集》第 5 卷第 520 页

二十八

要赏识“幽默”也真难。

《全集》第 5 卷第 526 页

二十九

“急不择言”的病源，并不在没有想的工夫，而在有工夫的时候没有想。

《全集》第 3 卷第 91 页

三十

说话难，不说亦不易。

《全集》第 5 卷第 333 页

三十一

既然不敢径取，就只好用阴谋和手段。

【华盖集 · 这个与那个】

三十二

与名流学者谈，对于他之所讲，当装作偶有不懂之处。太不懂被看轻，太懂了被厌恶。偶有不懂之处，彼此最为合宜。

《全集》第 3 卷第 530 页

三十三

做梦，是自由的，说梦，就不自由。做梦，是做真梦的，说梦，就难免说谎。

《全集》第 4 卷第 467 页

三十四

所谓“无欲望的状态”，是死亡的第一步。

【且介亭杂文附集 · “这也是生活”】

三十五

有些事情,换一句话说就不大合式,所以君子憎恶俗人的“道破”。

《全集》第 6 卷第 170 页

三十六

“说不清”是一句极有用的话。不更事的勇敢的少年,往往给人解决疑问,选定医生,万一结果不佳,大抵反成了怨府,然而一用这说不清来做结束,便事事逍遥自在了。

《全集》第 2 卷第 8 页

三十七

名声的起灭,也如光的起灭一样,起的时候,从近到远,灭的时候,远处倒还留着余光。

《全集》第 5 卷第 580 页

三十八

谁都要“面子”,当然也可以说是好事情,但“面子”这东西,却实在有些怪。

《全集》第 6 卷第 127 页

三十九

批评家的职务不但是剪除恶草,还得灌溉佳花,——佳花的苗。

《全集》第 3 卷第 152 页

四十

希望刻苦的批评家来做剜烂苹果的工作,这正如“拾荒”一样,是很辛苦的，但也必要，而且大家有益的。

《全集》第 5 卷第 299 页

四十一

辣手的文明批评家，总要多得怨敌。

《全集》第 10 卷第 242 页

四十二

作家和批评家的关系，颇有些像厨司和食客。厨司做出一味食品来，食客就要说话，或是好，或是歹。

《全集》第 5 卷第 550 页

四十三

旧形式的采取，或者必须说新形式的探求，都必须艺术学徒的努力的实践，但理论家或批评家是同有指导，评论，商量的责任的，不能只斥他交代未清之后，便可逍遥事外。

《全集》第 6 卷第 23 页

四十四

世上是仿佛没有所谓闲事的，有人来管，便都和自己有点关系；即便是爱人类，也因为自己是人。

《全集》第 3 卷第 185 页

四十五

我就有了一种偏见，以为天下本无所谓闲事，只因为没有这许多遍管的精神和力量，于是便只好抓一点来管。

《全集》第 3 卷第 186 页

四十六

贪安稳就没有自由，要自由就总要历些危险。

《全集》第 7 卷第 313 页

四十七

“安贫”诚然是天下太平的要道，但倘使无法指定究竟的运命，总不能令人死心塌地。

《全集》第 5 卷第 443 页

四十八

劝人安贫乐道是古今治国平天下的大经络，开过的方子也很多，但都没有十全大补的功效。

《全集》第 5 卷第 539 页

四十九

愚民的发生，是愚民政策的结果。

《全集》第 7 卷第 411 页

五十

叫人整年的悲愤，劳作的英雄们，一定是毫不知道悲愤，劳作的人物。在实际上，悲愤者和劳作者，是时时需要休息和高兴的。

《全集》第 5 卷第 440 页

五十一

约翰穆勒说：专制使人们变成冷嘲。

而他竟不知道共和使人们变成沉默。

《全集》第 3 卷第 530 页

五十二

暴君的专制使人们变成冷嘲，愚民的专制使人们变成死相。

《全集》第 3 卷第 43 页

五十三

中国公共的东西，实在不容易保存。如果当局者是外行，他便将东西糟完，倘是内行，他便将东西偷完。

《全集》第 3 卷第 567 页

五十四

所谓中国的文明者，其实不过是安排给阔人享用的人肉的筵席。所谓中国者，其实不过是安排这人肉的筵席的厨房。

《全集》第 1 卷第 216 页

五十五

中国历来是摆着吃人的筵宴，有吃的，有被吃的。被吃的也曾吃人，正吃的也会被吃。

《全集》第 3 卷第 454 页

五十六

凡事总须研究，才会明白。古来时常吃人，我也还记得，可是不甚清楚。我翻开历史一查，这历史没有年代，歪歪斜斜的每叶上都写着“仁义道德”几个字。我横竖睡不着，仔细看了半夜，才从字缝里看出字来，满本都写着两个字是“吃人”！

《全集》第 1 卷第 424～425 页

五十七

这人肉的筵宴现在还排着，有许多人还想一直排下去。扫荡这些食人者，掀掉这筵席，毁坏这厨房，则是现在的青年的使命！

《全集》第 1 卷第 217 页

五十八

中国的文化，便是怎样的爱国者，恐怕也大概不能不承认是有些落后的。

《全集》第 4 卷第 133 页

五十九

中国的文明，就是这样破坏了又修补，破坏了又修补的疲乏伤残可怜的东西。但是很有人夸耀它，甚至于连破坏者也夸耀它。

《全集》第 3 卷第 385 页

六十

无论胜败之际，都贯注着个性和精神。

【集外集拾遗·哈谟生的几句话】

六十一

中国各处是壁，然而无形，像“鬼打墙”一般，使你随时能“碰”。能打这墙的，能碰而不感到痛苦的，是胜利者。

《全集》第 3 卷第 72 页

六十二

中国大约太老了，社会上事无大小，都恶劣不堪，像一只黑色的染缸，无论加进什么新东西去，都变成漆黑。可是除了再想法子来改革之外，也再没有别的路。

《全集》第 11 卷第 20 页

六十三

历史上都写着中国的灵魂，指示着将来的命运，只因为涂饰太厚，废话太多，所以很不容易察出底细来。正如通过密叶投射在莓苔上面的月光，只看见点点的碎影。

《全集》第 3 卷第 17 页

六十四

读史，就愈可以觉悟中国改革之不可缓了。

《全集》第 3 卷第 139 页

六十五

野史和杂说自然也免不了有讹传，挟恩怨，但看往事却可以较分明，因为它究竟不像正史那样地装腔作势。

《全集》第 3 卷第 138 页

六十六

史书本来是过去的陈帐簿，和急进的猛士不相干。

《全集》第 3 卷第 139 页

六十七

科学者，神圣之光，照世界者也，可以遏末流而生感动。时泰，则为人性之光；时危，则由其灵感，生整理者如加尔诺，生强者强于拿破仑之战将云。

《全集》第1卷第35页

六十八

实业之蒙益于科学者固多，而科学得实业之助者亦非鲜。

《全集》第1卷第33页

六十九

若不以不真为真，而履当履之道，则事之不成物之不解者，将无有矣。

《全集》第1卷第31页

七十

技术，是未曾矫揉造作的。

《全集》第4卷第147页

七十一

比较，是最好的事情。

《全集》第6卷第160页

七十二

比较是医治受骗的好方子。乡下人常常误认一种硫化铜为金矿，空口是和他说不明白的，或者他还会赶紧藏起来，疑心你要白骗他的宝贝。但如果遇到一点真的金矿，只要用手掂一掂轻重，他就死心塌地：明白了。

《全集》第6卷第138页

七十三

中国一向是所谓“闭关主义”，自己不去，别人也不许来。自从给枪炮打破了大门之后，又碰了一串钉子，到现在，成了什么都是“送去主义”了。

《全集》第 6 卷第 38 页

七十四

我们要拿来。我们要或使用，或存放，或毁灭。那么，主人是新主人，宅子也就会成为新宅子。然而首先要这人沉着，勇猛，有辨别，不自私。

《全集》第 6 卷第 40 页

七十五

没有拿来的，人不能自成为新人，没有拿来的，文艺不能自成为新文艺。

《全集》第 6 卷第 40 页

七十六

虽是西洋文明罢，我们能吸收时，就是西洋文明也变成我们自己的了。

《全集》第 8 卷第 192 页

七十七

由我看来，所谓“洋气”之中，有不少是优点，也是中国人性质中所本有的，但因了历朝的压抑，已经萎缩了下去，现在就连自己也莫名其妙，统统送给洋人了。这是必须拿它回来——恢复过来的——自然还得加一番慎重的选择。

《全集》第 6 卷第 82 页

七十八

即使并非中国所固有的罢，只要是优点，我们也应该学习。即使那老师是我们的仇敌罢，我们也应该向他学习。

《全集》第 6 卷第 82 页

七十九

我总觉得洋鬼子比中国人文明，货只管排，而那品性却很有可学的地方。这种敢于指摘自己国度的错误的，中国人就很少。

《全集》第 11 卷第 89 页

八十

所以使日本能有今日，因为旧物很少，执著也就不深，时势一移，蜕变极易，在任何时候，都能适合于生存。不像幸存的古国，恃着固有而陈旧的文明，害得一切硬化，终于要走到灭亡的路。中国倘不彻底地改革，运命总还是日本长久，这是我所相信的；并以为为旧家子弟而衰落，灭亡，并不比为新发户而生存，发达者更光彩。

《全集》第 10 卷第 243 页

八十一

倘有外国的谁，到了已有赴宴的资格的现在，而还替我们诅咒中国的现状者，这才是真有良心的真可佩服的人！

《全集》第 1 卷第 215 页

八十二

凡有来到中国的，倘能疾首蹙额而憎恶中国，我敢诚意地奉献我的感谢，因为他一定是不愿意吃中国人的肉的！

《全集》第 1 卷第 214 页

八十三

夜是造化所织的幽玄的天衣，普覆一切人，使他们温暖，安心，不知不觉的自己渐渐脱去人造的面具和衣裳，赤条条地裹在这无边际的黑絮似的大块里。

《全集》第 5 卷第 193 页

八十四

虽然是夜，但也有明暗。有微明，有昏暗，有伸手不见掌，有漆黑一团糟。

《全集》第 5 卷第 193 页

八十五

爱夜的人，也不但是孤独者，有闲者，不能战斗者，怕光明者。

《全集》第 5 卷第 193 页

八十六

人们对于夜里出来的动物，总不免有些讨厌他，大约因为他偏不睡觉，和自己的习惯不同，而且在昏夜的沉睡或“微行”中，怕他会窥见什么秘密罢。

《全集》第 5 卷第 202 页

文学鉴赏

小杂感①

蜜蜂的刺，一用即丧失了它自己的生命；犬儒②的刺，一用则苟延了他自己的生命。

他们就是如此不同。

约翰穆勒③说：专制使人们变成冷嘲。

而他竟不知道共和使人们变成沉默。

要上战场，莫如做军医；要革命，莫如走后方；要杀人，莫如做刽子手。既英雄，又稳当。

与名流学者谈，对于他之所讲，当装作偶有不懂之处。太不懂被看轻，太懂了被厌恶。偶有不懂之处，彼此最为合宜。

世间大抵只知道指挥刀所以指挥武士，而不想到也可以指挥文人。

又是演讲录，又是演讲录。

但可惜都没有讲明他何以和先前大两样了；也没有讲明他演讲时，自己是否真相信自己的话。

阔的聪明人种种譬如昨日死。不阔的傻子种种实在昨日死。

曾经阔气的要复古，正在阔气的要保持现状，未曾阔气的要革新。

大抵如是。大抵！

他们之所谓复古，是回到他们所记得的若干年前，并非虞夏商周。

女人的天性中有母性，有女儿性；无妻性。

妻性是逼成的，只是母性和女儿性的混合。

防被欺。

自称盗贼的无须防，得其反倒是好人；自称正人君子的必须防，得其

---

① 本篇最初发表于一九二七年十二月十七日《语丝》周刊第四卷第一期。

② 犬儒：原指古希腊犬儒学派的哲学家。他们主张独善其身，认为人应该绝对自由，故蔑视伦理道德而以冷嘲热讽之态度应世。因其生活简陋，常被人讥为穷犬，故名。

③ 约翰穆勒(1806—1873)：英国哲学家、经济学家。

反则是盗贼。

楼下一个男人病得要死，那间壁的一家唱着留声机；对面是弄孩子。楼上有两人狂笑；还有打牌声。河中的船上有女人哭着她死去的母亲。

人类的悲欢并不相通，我只觉得他们吵闹。

每一个破衣服人走过，叭儿狗就叫起来，其实并非都是狗主人的意旨或使嗾。

叭儿狗往往比它的主人更严厉。

恐怕有一天总要不准穿破布衫，否则便是共产党。

革命，反革命，不革命。

革命的被杀于反革命的。反革命的被杀于革命的。不革命的或当作革命的而被杀于反革命的，或当作反革命的而被杀于革命的，或并不当作什么而被杀于革命的或反革命的。

革命，革革命，革革革命，革革……。

人感到寂寞时，会创作；一感到干净时，即无创作，他已经一无所爱。

创作总根于爱。

杨朱无书。

创作虽说抒写自己的心，但总愿意有人看。

创作是有社会性的。

但有时只要有一个人看便满足：好友，爱人。

人往往憎和尚，憎尼姑，憎回教徒，憎耶教徒，而不憎道士。

懂得此理者，懂得中国大半。

要自杀的人，也会怕大海的汪洋，怕夏天死尸的易烂。

但遇到澄静的清池，凉爽的秋夜，他往往也自杀了。

凡为当局所"诛"者皆有"罪"。

刘邦除秦苛暴，"与父老约，法三章耳。"

而后来仍有族诛，仍禁挟书，还是秦法。

法三章者，话一句耳。

一见短袖子，立刻想到白臂膊，立刻想到全裸体，立刻想到生殖器，立刻想到性交，立刻想到杂交，立刻想到私生子。

中国人的想像惟在这一层能够如此跃进。

九月二十四日

（选自《而已集》）